U0029016

BOOK & BOX ORIGINAL DESIGN by VFIA

刀語

第十二話

炎刀・銃

序章
一章——別離
二章——家鳴匡綱
三章——攻城
四章——家鳴將軍家禁衛十一傑
五章——鑢七花
終章

插畫：竹
書法：平田弘史

序章

■ ■

首先我得在這兒感謝各位看官一路見證這段說長不長、說短不短的歷史。

這只是一段微不足道的歷史，我節錄其中一年，或許意義不大；不過既然諸位看官肯賞光作陪，也算是有價值了。

其實我並不怎麼信奉價值二字，因為所謂的價值與價值觀，都容易因周遭的利害關係而改變，一旦變了，便再也無法復原。

獨一無二，卻容易失去；一旦失去，便永不復得。

這樣的物事對我而言，怎麼也稱不上絕對。

所以咱們還是來說些沒有價值及沒有價值觀的事吧！

對於這回（也有可能是下回）我所節錄的歷史，各位看官或許有所質疑、批判，甚或不滿；我無法一一回應各位看官的指教，不過替這段歷史閉幕之前，還是不能免俗地要來發表一些淺見。

先容我請教各位看官一個問題。

這個問題過去奧州霸主飛驒鷹比等也曾向他的女兒問過——「何為歷史？」一思及他詢問女兒時的心境，我就有些許罪惡感。也罷，此事姑且不提。各位看官自然也有各位看官知曉的歷史。

您的歷史和我節錄的這段歷史截然不同，而您認為自己的歷史乃是唯一，自然以為我所寫下的歷史只是虛構的故事了。不過如同我再三強調，歷史絕非獨一無二；又或許歷史亦是個獨一無二卻容易失去的物事。

很遺憾，您所知曉的歷史或許是您的歷史，但卻非您一個人的歷史。

打個比方……不，其實這不是比方，不過基於邏輯及倫理上的顧慮，姑且當作是個比方好了。

有人說歷史就是文章。

一個人想知道他出生之前發生的事，只能依賴過去的人所留下的文章與文獻。人不是全能全知的神，只能用這種方法了解過去發生的事。

人不依賴史料，便無以窺探過去。

不過這些文章是真是假，卻無從判別。其實文章既然是人寫出來的，總會有不實之處。記述一件事情，便是為了讓人閱讀；然而天下間可有比讓人閱讀用的歷史還要滑稽的物事麼？

人總是緬懷過去，期待未來；唯有看待現在，才能不褪色、不添色。也因此，唯有現在才是真實的。

以這段文章為例，即便是前一行文字都不足採信。值得相信的，只有現在筆下這個字。

不同的文獻對於同一人物往往有不同的描寫，而不同的時代對於同一人物也往往有不同的評價。

所謂歷史，不過如此而已。

價值易於顛覆，易於改變；歷史亦然，總是無時無刻、無窮無盡地改變。我改變歷史——竄改歷史的行為其實也不足為奇，大家都幹過這檔事。有哪個人談起自己的過去不加油添醋的，您說是不是？

所以竄改歷史固然不是件容易之事，卻也決計不是件稀奇之事。

讓人閱讀用的歷史記錄，說穿了不過是謊言罷了；所以我絕不聲稱自己筆下的歷史乃是真實的歷史。

真實、真相、絕對，都是幻想之下的產物，根本沒人相信。

既然歷史盡是謊言，我所記述的這段歷史自然也是半斤八兩。

這不是野史，而是贋史；而這段贋史也將於本卷告終。

這個始於京都無人島的故事即將閉幕；它並非始於必然，亦非終於必然，只是有始必然有終。

在尾張收尾，倒像是我自以為風趣，故而為之，其實這並非我所願。各位看官一路作陪，也知道這回的歷史出我意料之事極多，並非盡在我掌握之中。

我只是替歷史的洪流開了幾條路，它要流向哪條，全憑它的意志。

我相信水的意志。對我而言，這正是歷史的首要涵義；至於次要涵義，則是些不值一提的瑣事了。

換作是我，我會如此回答飛騨鷹比等的問題。

所謂歷史，便是人事；是鑢七花之事，是奇策士咎女之事，是否定姬之事，是左右田右衛門左衛門之事，亦是真庭忍軍之事。

這就是歷史。

我的記敘雖然是假，他們的人生卻是真，獨一無二，不失不落。

這便是我在結束一段歷史之前所要發表的淺見。

歷史即人，換言之，各位看官亦是歷史。

您所知的歷史或許全是虛假，但您卻是分毫不虛。

任憑我使出渾身解數，仍然無從知曉各位看官是何方神聖，活在什麼樣的歷史之中；我只希望各位看官不盲信歷史，不依賴歷史，永遠忠於自己。

如此這般，下完結語之後，便請各位看官開始看戲啦！

舞刀弄劍花繪卷。

世代交替時代劇。

刀語最終卷，曲終奏雅。

一章 別離

■

■

「砮——砮女！」

槍聲。

七花不知道迴響於耳畔的聲音便是槍聲。在這趟集刀之旅中，他從未見過火槍，自然無從知曉火槍進化之後的模樣。左右田右衛門左衛門雙手上的鐵塊是什麼玩意兒，他全然不識。

當然，若是換作現代人，便是一目了然了。

其中一把是轉輪式連發手槍。

另一把則是自動式連發手槍。

不錯，那是不該也不能存在於此時此地的兵器；然而它們卻以一對寶刀之姿出現了。

它們正是——

「四季崎記紀十二把完成形變體刀之一——最後一把刀，炎刀『銃』。」

右衛門左衛門平靜地說道：

「奇策士咎女，鑢七花，再加上你們倆蒐集的十一把刀，十二把完成形變體刀便全數集齊了。」

說著，右衛門左衛門拾起了奇策士咎女脫了手的刀。那正是奇策士咎女與鑢七花在伊賀新真庭里從真庭鳳凰手中奪來的四季崎記紀完成形變體刀之一——第十一把刀毒刀「鍍」。

至於那兩個鐵塊——炎刀「銃」，右衛門左衛門早已收入懷中。

「辛苦妳了，奇策士咎女。」

奇策士咎女並未回應右衛門左衛門的慰勞之語，她開不了口。

因為她被炎刀「銃」射出的兩發子彈貫穿腹部，震飛至數尺之外，如今人正仰天倒在路中央。

鮮血從她的腹部汩汩流出，源源不絕；那套最能象徵她的錦衣華服也逐漸染成了血色，不復原有的絢爛光彩。

「啊……啊，啊，啊，啊啊！」

七花如野獸般咆哮。

方才發生了何事？

眼下是何狀況？

七花全然不懂。

七花尚未領悟事態的嚴重性。

「為、為什麼？為何——變得如此？」

七花開始回想。

為何變得如此？

這一路上蒐集四季崎記紀的完成形變體刀，可謂是手到擒來；前些天，他才剛和咎女一同前往真庭忍軍的巢穴新真庭里，從真庭忍軍十二首領之一真庭鳳凰手中奪得了毒刀「鍍」。

這是奇策士咎女集得的第十一把刀。

奪得此刀，不但清算了奇策士咎女與真庭忍軍的陳年舊帳，也等於是完成了集刀大任。

因為咎女已經推算出最後一把炎刀「銃」落在她的天敵否定姬手中。

尾張幕府之中有兩大蛇蠍美人，一是家鳴將軍家直轄預奉所軍所總監督奇策士咎女，一是家鳴將軍家直轄稽覈所總監督否定姬。

照理說來，變體刀既已集齊，七花的差事便了了，接下來但憑咎女官場上的手段決勝負。

誰知在咎女二人自伊賀返回尾張的路上，竟殺出了一個程咬金——左右田右衛門左衛門。

左右田右衛門左衛門乃是否定姬的心腹，原為忍者，是個腰佩長短對刀，身穿西裝，臉戴面具的男子，面具之上書有「不忍」二字。

與右衛門左衛門暌違數月再相見，咎女原以為是否定姬料到她已奪得毒刀「鍍」，便派右衛門左衛門前來先發制人，七花亦有同感，誰知並非如此。

甫一照面，右衛門左衛門竟立刻下手刺殺咎女。

只見他拿出一對古怪的鐵塊，從那筒口之中射出了兩發子彈，砰砰兩聲，震天價響。

「你、你——右衛門左衛門！」

七花怒髮衝冠，破口大喝。

然而右衛門左衛門卻說道：

「不罪。」

他面具之下的表情無從窺探。

「別這麼氣急敗壞，虛刀流掌門。我也是奉命行事。」

「你、你為何對咎女下這等毒手！」

「我方才不是說了？因為她乃是過去的奧州霸主，大亂主謀飛驒鷹比等的獨生女——容赦姬。」

「容——容赦姬？」

奇策士咎女，這個本名不詳、來歷不明的女子終於被揭了底兒。

雖然七花不知咎女的本名，卻知道她便是飛驒鷹比等之女，而這個身分決計不能讓幕府中人知曉。

既然右衛門左衛門知道咎女的來歷，否定姬當然也知道了。

說來也是合該有事，居然讓這個稽覈所總監督查出了咎女的真正身分。

這麼一來——

「我射殺奇策士大人，乃是天經地義。這麼說你可明白了？虛刀流掌門。」

「怎、怎麼會——」

七花困惑焦急。

右衛門左衛門續道：

「話說回來，沒想到奇策士大人居然與飛驒鷹比等有關。區區一張面具，可掩藏不了我的驚訝之色啊！容赦姬明明已死在逃亡途中，誰知竟是偷天換日，混進了幕府之中。倘若讓她成功集齊變體刀，論功行賞……後果可是不堪設想。」

「你——你是怎麼知道的？」

「唔？」

「你怎麼知道咎女的身分？」

「你不該問的。」

右衛門左衛門聳了聳肩，答道：

「若我說出實情，只怕你難以承受；不過我也用不著顧慮你的感受。虛刀流掌門，我就告訴你吧！全是因為你的緣故。因為你在主子面前形色鬼祟，主子才起疑的。」

七花此時才猛省過來。

咎女與七花二度會見否定姬之時，否定姬曾告知二人誠刀「銓」便在奧州百刑場。

奧州百刑場即是昔日飛驒城所在之處，亦是奇策士咎女的故鄉；是以七花聞言，心神不禁大為撼動。

但七花善加掩飾，並未流露出撼動之色，為何會露出破綻？

所謂欲蓋彌彰，七花錯就錯在根本不該撼動心神。

奇策士咎女的天敵否定姬耳聰目明，豈會放過他流露的些許異樣神色？

「就、就算如此……」

「就算如此？已經夠充分了。飛驒鷹比等乃是先前大亂的主謀，凡與他有關之人一律殺無赦，包庇窩藏者視為同罪。」

「…………！」

「其實這對主子而言也是個痛苦的決定。主子從未想過要用這種方式和奇策士大人了結，以暴制人絕非她所願。」

右衛門左衛門說道：

「主子和奇策士大人的雙雄相爭如此收場，全都是你的過錯啊！虛刀流掌門。」

「天、天啊——」

七花呻吟道，回身觀看倒臥在地的奇策士；只見她的衣物染得更加豔紅，地面也成了一片血泊。

「哇啊啊啊啊啊啊啊啊啊啊啊啊啊啊啊啊啊啊啊啊啊啊啊啊啊啊啊啊啊啊啊啊啊啊啊啊啊啊！」

七花飛身撲向右衛門左衛門。

他未使虛刀流招式，只是發了狂地胡亂揮拳，自然打不著忍者出身的右衛門左衛門。

右衛門左衛門身為否定姬的心腹大將，又是個可以輕易刺殺真庭海龜、真庭鴛鴦及真庭企鵝等真庭忍軍十二首領的高手。

這番胡攻亂打對他豈能奏效？

果不其然，右衛門左衛門根本不理會七花，只是退後一步。

莫說炎刀「銃」及毒刀「鍍」，他連腰間的長短對刀都未拔出。

「不罪。」

右衛門左衛門又說道：

「虛刀流掌門，都到了這個關頭，我便把話挑明了說。我原以為總有一天，我會拿著四季崎記紀的最後一把完成形變體刀炎刀『銃』和你一較高下；無論主子下什麼命令，關乎集刀與否，與你的一戰都是無可避免。」

「…………！」

「不過我完全料錯了。事到如今，你我交手並無意義。你對我而言，已經什麼也不是了。」

「……右、右衛門左衛門！」

「所以我作了個順水人情給你。」

說著，右衛門左衛門指向七花身後的奇策士咎女。奇策士咎女依舊血流如注。

「我故意避開了要害，奇策士大人還活著。」

「啊……啊！」

「雖然不久後她依舊難逃一死，不過眼下尚未斷氣。」

說著，右衛門左衛門便轉過身去。

他居然在打鬥之中背對對手，可見他當真不把七花當成敵人。或許對他而言，打鬥根本未曾開始過。

「你就把握最後的機會，和奇策士咎女……不——」

右衛門左衛門邁開腳步，離七花越來越遠。

他冷冰冰地說道：

「和容赦姬說說話吧！」

「…………！」

「順便聽聽她死前有何遺言。」

七花並未追趕右衛門左衛門。聽了右衛門左衛門這番話，他豈有不轉身奔回咎女身邊之理？

奇策士咎女仰臥在地，連一頭白髮都染成了血紅色。

「咎女！咎女——咎女，咎女，咎女，咎女，咎女！」

七花抱起咎女的身子，即使鮮血沾滿雙手也不以為意。

「咎女——」

「……我聽得見。」

咎女終於回答了七花的呼喚。

她雖然氣若游絲，說話卻不改一貫風格，依舊鏗鏘有力。

「我腹部中彈，內臟活像是被攪散了一般。方才的便是炎刀『銃』？它的構造我大致明白了。」

「咎、咎女——喂！」

咎女奄奄一息，卻還冷靜淡然地分析局勢，教七花不由得毛骨悚然。都這種時候了——

「咎女——振作點兒！」

「……爾待會兒到我身後找找，應該能找到兩顆子彈或類似的東西。七花，我現在無暇向爾說明火槍的用法，不過憑爾於武學之上的悟性，見了子彈應該就能明白。我猜炎刀最大的長處不在利於攜帶，而在於速射及連射，所以槍身才鑄成如此大小——」

「炎刀『銃』的特性如何不重要！」

七花在咎女的耳邊怒吼，彷彿斥責她死到臨頭仍不忘目的。

「現在知道完成形變體刀的特性，又有何用！事情都露餡兒了！」

咎女的野心、目的與復仇大計，全被拆穿了。

「妳輸了！」

七花緊緊閉上眼睛，說道：

「輸給否定姬，輸給幕府了！」

「………………」

「都是我害的！」

七花擠出的聲音之中充滿了悔恨。

「又是我──又是我害的！」

「………………」

「和我爹那時候一樣！」

虛刀流第七代掌門鑢七花殺了身為前任掌門的父親──大亂英雄鑢六枝；而他弒父的理由，便是因為六枝欲殺七花之姊鑢七實。

鑢六枝畏懼鑢七實的天賦異稟，欲除之而後快；七花為阻止他，方才殺人。

然而追根究柢，六枝之所以動手殺害七實，全是因為七花不小心說溜了嘴，讓六枝發現七實的武功又有進展。

倘若七花沒說溜嘴，六枝便不會興起殺害七實之念，七花也用不著親手弒父。

誰知七花這回居然又重蹈覆轍！

「對不起，咎女。我是妳的刀，卻害得妳受傷——」

「——別出聲。」

咎女平靜地制止方寸大亂的七花。

「我正在思索今後的對策。」

「對策——」

「不錯，一如往常，思索奇策。」

咎女輕輕闔上眼，彷彿閉目就死之人；只見她深深地嘆了口氣，方才睜開眼睛說道：

「唉！果然想不出來。這下子我是束手無策了。」

「咎女！」

「如爾所言，是我們輸了。也罷……所幸死的只有我，沒把爾拖下水。」

「妳——妳胡說什麼！妳不會死！我、我立刻請大夫——」

七花開始回想一路上哪個村子有大夫。只要他全力疾奔，或許——

「這我也想過了，沒用的。」

咎女說道，語氣與平時一模一樣。

「這不是來不來得及的問題。這是致命傷，我左思右想，橫豎是沒得救了。他……右衛門左衛門所言不虛，確實未傷我要害；不過我失血過多，縱使大羅天仙駕到，也是回天乏術了。」

「那、那我過血給妳！」

「真能過血就好辦啦！爾真是傻氣得緊。」

即便在這種時候，咎女也不忘調侃七花幾句。

「七花。」

「什——什麼事？」

「若是我死了——爾須得獨力將『嗟了』這個吆喝聲發揚光大，流傳全日本……」

「妳、妳胡說什麼！」

七花朝著咎女怒吼：

「振作啊！咎女！不過是這點兒傷勢，妳便說這等喪氣話！」

「我是不成了……看來我只能走到這兒……七花，『嗟了』之事就拜託爾了……」

「別胡鬧！要我將錯就錯，把『嗟了』發揚光大？我一個人豈能辦到！」

「爾辦得到……爾可是我選中的刀啊……」

「決計不可能！沒有妳……沒有妳，我什麼也不成！沒有妳，我沒法子把『嗟了』發揚光大！」

「什麼話……這一年來，我已將畢生所學盡數傳授予爾……爾已經不需要我的奇策了。對現在的爾而言，將『嗟了』發揚光大乃是易如反掌……」

「振作點兒！咎女，妳還有未了的心願啊！」

「未了的心願麼……」

咎女緩緩閉上眼睛，冷笑道：

「那又是什麼大不了的心願……？呵呵呵，我何以如此固執？長年以來，我為了抄家滅族之恨而獨自奮戰……可是和爾一路旅行下來，我終於發現了……我的所作所為其實全無意義……」

「咎……咎女姑娘？」

「活脫便是個笑話……真正的幸福並非回顧過去，而是與人攜手共創新生命……共步未來，但我居然沒能明白這個道理……」

「我、我說咎女啊，妳現在悔悟是不是太早了……」

「二十年來，我孤伶伶地走著這條路……沒想到卻是相識不過一年的爾點醒了我……」

「不不不，我可沒做過改變妳人生觀的事！」

「爾做了。」

「爾為我做過的事不計其數。」

奇策士口嘔鮮血，面帶羞怯。

「…………」

「多虧了爾才能察覺、才能明白、才能領悟的事多如繁星……我已經數不清了。」

咎女氣若游絲地笑道：

「多虧了爾，我才有喜有樂，才能歡笑嬉鬧——活像是換了個人一樣。我甚至以為我能因爾而改變。」

「咎女——」

「不過……」

咎女依舊面帶笑容，笑中卻流露著辛酸與無奈。

「我終究未能改變。」

「…………」

「這種死法再適合我不過了。我這等不入流的角色，根本不配當爾的主人，不配當四季崎記紀所鑄的完了形變體刀——虛刀『鑢』的主人。」

「妳這是什麼話！才沒這回事！我的主人除了妳之外別無他人！」

七花聲嘶力竭地吼道：

「妳不是說要收我為心腹嗎？妳不是說待集齊變體刀之後，要和我一起四處旅行，繪製地圖嗎？妳不是說妳有我為伴，我有妳為伴嗎？難道這些全是謊言？」

「……我……」

咎女說道：

「我是個卑劣之徒。」

「…………」

「七花，我從爾身上學到的道理雖多，卻不能活用分毫。我改變了爾，爾卻沒改變我。」

「怎麼──」

「不錯，全是謊言。」

咎女收起笑容，說道：

「待集齊刀劍之後，我便要殺了爾。」

「…………！」

「背後偷襲也成，趁爾入睡之後下手也成，或是乾脆命爾自盡──總歸一句，事成之後，我打算按照往例，清算身邊人事。莫說收爾為心腹，我連繼續旅行之意也無。」

咎女說道。

「怎——怎麼會……」

「對爾的情分、惜爾之心、從爾身上學到的道理，不過是我籌劃奇策的工具罷了。七花，對我而言，連我的心都是只棋子。」

心、念、情在我眼裡，全都只是利用的物事。

我就是這種人，只能活在算計之中。

「我已經捨棄了一切，豈能有心？我信賴爾，然而信賴爾的我於我而言，不過是只棋子。」

「……咎、咎女，妳在胡說什麼……」

「殺了我爹的是虛刀流的招式，是虛刀流一派。在我眼前砍下了我爹首級的虛刀流，哈！我豈能放過？」

咎女恨恨說道：

「既然掌門易位，就饒爾一命的念頭，於我而言不過是只棋子。不願把爾當棋子看待的心，於我而言也只是棋子。」

「那、那麼對妳而言，情感究竟算什麼？」

我這一年來的喜怒哀樂，究竟算什麼！

向妳學來的這種情感，又算什麼！

七花悲痛地大叫。

「我不是說了？是棋子。喜怒哀樂，全都是我的棋子，是無須控制、微不足道的物事。」

「…………」

「不過對爾而言，似乎是種寶貝。過去無心無情的爾與現在的爾相比，簡直判若兩人。」

「可、可是——」

「情感亦能成為兵刃。這道理爾應該也明白了吧？」

「那妳又何必撒那些謊？」

七花半哭半笑地說道。

什麼心腹，什麼地圖？

「妳要我死，我隨時都願意死。」

「……因為……」

咎女無奈地答道：

「話語是假，但心思卻不假。」

「…………」

「那是我當時的心裡話，我只是照實說出來罷了。能不能實現，並無干係。」

「可、可是，妳說那番話——」

七花也跟著說出心裡話：

「受傷最深的卻是妳自己啊！」

「是啊！」

咎女滿不在乎地點了點頭。

「不然怎能出奇策呢？」

「……妳這又是何苦？」

七花想起自己的父親鑢六枝，說道：

「何苦為了妳爹如此犧牲？」

「…………」

「妳爹值得妳拋棄一切為他報仇嗎？妳為何而活？人生是妳的，不是妳爹的啊！」

「一點兒也不錯。」

「妳爹被殺，禍殃九族，夠慘了！妳總有權利幸福過日子吧！為何要弄得身心俱傷，橫死街頭？妳究竟在幹什麼？又不是白痴！」

「一點兒也不錯。」

咎女又是微微一笑。

「我現在很幸福。」

她笑得似喜，似怒，似哀，又似樂。

「能夠橫死街頭，是我的福氣。」

「…………！」

「因為這麼一來，我就不用殺爾了。天下間還有比這值得慶幸的事麼？」

奇策士咎女說道：

「這下子……我終於……終於能罷手了。」

「……妳非得要死才能罷手嗎？」

咎女的眼睛不知幾時之間浮現了偌大的淚珠，而七花亦是涕泗滂沱；這正是他們倆情感洶湧、心潮澎湃的最好證據。

「非得要弄到這種地步嗎？」

「……我的死並非爾之過。」

咎女一面痛哭，一面說道：

「我甚至很感謝否定姬。多虧她見爾的神色有異，起了疑心，我才能從這條血路解脫。」

「…………」

「爾下次見了否定姬，代我向她道聲謝。不……」

咎女又緩緩搖了搖頭。

「……我看是沒機會了。」

「咎——咎女……」

「虛刀流第七代掌門——鑢七花，這是我最後的命令。」

咎女目不轉睛地凝視著七花的眼睛。雖然死在臨頭，她的眼神並未渙散，依然炯炯有光。

「忘了我，忘了這一切，隨心所欲地過活吧！」

「……隨心所欲——」

「萬萬不可繼承我的遺志。我和爾的契約，在我死後便告結束。」

「…………」

「爾想回島上便回去，不想便罷。反正六枝與七實也不在了——帶爾重回俗世，乃是我對七實的承諾。」

「姊、姊姊——」

「只可惜替虛刀流平反的承諾，我是無法實踐了。我想爾不至於因為和我這個飛驒鷹比等之女有牽連而獲罪。幕府應該會認為爾是為我所欺，為我利用。右衛門左衛門只射殺我而未殺爾，便是這個緣故。從今以後，爾自由了。」

「…………」

「爾也可以去三途神社找粉雪。天童的心王一鞘流掌門人汽口慚愧曾收爾為徒，定不會虧待爾。這兩人天性純真，與爾最是相合。」

「……這種時候，妳說這些做什麼！」

「就是這種時候我才要說。」

聞言，七花才發現咎女的腹部有異。

奇策士咎女中了左右田右衛門左衛門兩發子彈之後，腹部一直血流如注，汩汩不絕；然而不知幾時之間，傷口已然止血，彷彿全身的血液都流盡了。

如今奇策士咎女的膚色變得比髮色還要蒼白。

「爾不必繼續愛我，不必被我束縛。」

「啊，啊啊……」

「我已經不是爾的主人，也不再是爾的伴兒，只是個將死之人，身死枯朽的輸家。」

「…………」

「原諒我未能善用爾這把寶刀。」

「什麼話？若沒有妳，我早死了，早彎了，早斷了，早鏽了。」

不承島上與真庭蝙蝠一戰。

因幡沙漠與宇練銀閣一戰。

三途神社與敦賀迷彩一戰。

巖流島上與錆白兵一戰。

濁音港內與校倉必一戰。

踊山上與凍空粉雪一戰。

護劍寺與鑢七實一戰。

不要湖與日和號一戰。

天童將棋村與汽口慚愧一戰。

百刑場與彼我木輪迴一戰。

新真庭里與真庭鳳凰一戰。

七花能於大小征戰中存活下來，全是因為有咎女在身旁。

七花是為了咎女而戰，才能百戰不殆；否則他早已戰死，早已折斷，早已鏽蝕。

「爾不必再為我而戰。」

然而咎女卻如此說道。

她雖然失血極多，說起話來仍是明快果斷。

「我的命令，爾須得全數忘記；我的事，更不可擱在心裡。像我這種連棋都下不好的可悲愚婦，爾還是趁早忘懷，隨心所欲地過活吧！」

「別胡說了……我最大的願望，便是和妳在一起啊！」

七花淌著淚水，如孩童般抽抽噎噎地說道：

「我是真心愛妳啊！」

「……七花。」

「今後——今後我該怎麼辦？沒有妳，我什麼都不會！」

「……別撒嬌了。爾怎麼老不改孩童心性？真是個——可愛的傢伙啊！」

咎女幽幽望著七花，舉起手來輕輕撫著他的臉頰。

「欸，七花。」

奇策士咎女——容赦姬一面拭去七花的淚水——七花成長的證明，一面說道。

機關算盡的她怎麼也沒算到自己臨死前的遺言，竟會是她向來認為思之無益之事。

「我自私自利，滿腦子只有報仇雪恨，是個不見棺材心不死的愚婦；平時總是對爾呼來喚去，無藥可救，死有餘辜。不過——」

咎女坦誠說出了心裡話：

「我可以愛上爾麼？」

■■

尾張幕府家鳴將軍家直轄預奉所軍所總監督奇策士咎女功敗垂成，中道夭殂；奧州霸主及大亂主謀飛驒鷹比等的血脈，也就此斷絕了。

二章 家鳴匡綱

■■

幕府之中有兩大蛇蠍美人，一是奇策士咎女，一是否定姬。

這兩人皆是本名不詳，來歷不明，是以時常被相提並論；而她們爾虞我詐，勾心鬥角，也不只一、兩回。不過這並不代表她們倆的利害關係一致或相悖。

奇策士有奇策士的目的，與否定姬的立場無關；而否定姬亦有否定姬的目的，與奇策士的立場無關。唯有在蒐集四季崎記紀的完成形變體刀這件事上，利害關係方才一致。

縱使在這件事上，奇策士與否定姬對完成形變體刀的看法也截然不同。

對奇策士而言，一切物事皆是棋子，皆是報仇的工具；連她的心都是如此，十二把完成形變體刀自然也不例外。

然而對於否定姬而言，四季崎記紀的完成形變體刀別有意義；死對頭奇策士替她蒐集完成形變體刀，她正好可坐享其成。

當然，否定姬和左右田右衛門左衛門一樣，都已做好了覺悟。待奇策士與虛刀流掌門集得十一把刀之際，便是一決勝負之時。

雖然否定姬的覺悟最後以徒然收場，但這並不代表她可以功成身退了。否定姬有否定姬的目的；右衛門左衛門收拾了奇策士之後，如今幕府之內已無人能阻止她。

她早利用稽覈所總監督的權勢，將她的對頭全數剷除。這正是她入稽覈所的目的。

既然奇策士以外的對頭已盡數剷除，奇策士也已不在人世，眼下自然是否定姬採取行動的最佳時機。

為了終結歷史，傳奇刀匠四季崎記紀的子孫否定姬終於開始行動。

■■

尾張乃是家鳴將軍家直轄之地，位於其中心的尾張城宏偉莊嚴，絕非下酷城所能比擬；格局亦是錯綜複雜，易守難攻，活脫便是座要塞。

當然，尾張城並非打一開始便是如此。

二十年前發生大亂之後，幕府一朝被蛇咬，十年怕草繩，高築鐵壁銅牆、金城湯池，方才變成這副模樣。畢竟高官顯要若是有了萬一，可不得了。

站在尾張城天守閣頂樓，不但可將附郭盡收眼底，甚至可放眼眺望整個日本。

此時有名金髮碧眼、外邦風貌，穿起和服來卻十分相襯的美人被召到頂樓之上；這女子不是別人，正是否定姬。

想當然耳，此處的上座是輪不到否定姬來坐的；因為坐在她正面珠簾之後的黑影，乃是——

「孤乃尾張幕府第八代將軍——家鳴匡綱是也。」

「……恭請將軍聖安。」

否定姬說道，緩緩抬起頭來。

尾張幕府第八代將軍可說是雲端上的人物，否定姬費了不少心思，才得以朝見。

否定姬暗自尋思道：「想來這便是奇策士的目的了。」奇策士混入幕府，便是為了晉見家鳴將軍；蒐集四季崎記紀之刀，正是她達成目的的最終手段。

只可惜奇策士功敗垂成，令她失敗的正是否定姬。

然而奇策士的心血並未白費。她的所作所為，替她的天敵否定姬製造了晉見將軍的機會。

「……話說回來，將軍大人。」

否定姬說道。

這房間不大，卻擠滿了人；否定姬橫眼掃視周圍，算了一算。

一、二……共有十一人。

除了否定姬與將軍匡綱之外，天守閣內尚有十一人，教否定姬頗為不樂。

「將軍大人，我不是請您屏退左右麼？」

「卿家果如傳聞所言，說起話來毫不客氣。」

珠簾背後的匡綱笑了。依聲音判斷，他似乎是個年事已高的老人。

否定姬並不清楚將軍正確的歲數，不過奇策士應該知曉。先前大亂時坐鎮指揮的正是將軍，她豈能不知？

「接下來要談的事確實不可外洩，因此孤才允卿家所請，屏退家臣。不過這些人乃是孤的心腹，亦是孤的侍衛，用不著屏退。」

「…………」

「放心吧！他們皆是代代侍奉將軍之人，與將軍家關係深厚，和那些原與將軍家為敵的家臣不同，決計不會背叛。孤與他們可說是一心同體。」

「……是麼？」

否定姬嘴上答話，內心暗自失笑。

一心同體？真虧他能臉不紅氣不喘地說這等大話。

不知他是年老糊塗，或是本就如此？無論為何者，都足以證明繼承父祖基業的第八代將軍不過爾爾。

見禮的短短片刻之間，否定姬便已掂量完了家鳴匡綱的斤兩；可想而知，並不怎麼重。不過這對否定姬反而有利。

——將軍大人，所謂的一心同體，指的是我和右衛門左衛門這般的交情啊！

否定姬心中如此暗想，嘴上則說道：

「我們這就進入正題，談談四季崎記紀完成形變體刀的由來與歷史吧！將軍大人。」

「……且慢，孤要先問卿家一事。卿家當真是那個刀匠——什麼四季崎記紀來著的子孫？」

「……是。」

什麼四季崎記紀來著的？

幕府中的高官顯要對於傳奇刀匠——否定姬的「祖先」大多知之無幾，位於頂點的將軍也不例外。不，搞不好他們壓根兒沒聽過這號人物呢！

四季崎記紀、變體刀及完成形變體刀皆是戰國時代的物事；當年四季崎記紀叱吒風雲，確實是個活生生的傳奇人物，但如今天下太平，幾無戰事，他們又豈能知曉？

直到奇策士咎女一手策劃集刀大計，並於每把刀得手之後撰寫奏章上奏幕府，四季崎記紀的知名度方才水漲船高。

——那個惹人厭的婆娘不但自由過了頭，也大膽過了頭，真教我欣羨不已啊！

多虧了奇策士這種性子，才有眼下這個局面。否定姬不得不感謝她。

否定姬對周圍的十一人視而不見，朝著珠簾之後的家鳴匡綱說道：

「正是如此。」

「……可有證據？」

「證據？判斷事物時一味依賴證據，乃是愚人的作為。是真是假，不妨聽我說完之後再判斷。」

「好大的口氣！說吧！」

否定姬點了點頭，從胸口取出鐵扇，啪一聲打開。

「其實四季崎記紀原來並非刀匠。」

否定姬先從四季崎記紀的出身說起。

其實被毒刀「鍍」附身的真庭鳳凰已對奇策士咎女提過此事，不過否定姬一直待在尾張，自然無從得知。

然而身為四季崎記紀子孫的否定姬所知道的事，可比奇策士與鳳凰談話片刻得來的情報多上許多。

「他乃是出身於相士之家。」

「相士？哦？」

匡綱滿臉意外地回道，看來是挑起了興致。

「這倒是個教人意外的行業。」

「也有人說他是煉丹方士或茅山術士，和這兩種說法相比，相士還算是正經的行業了。」

否定姬繼續說道：

「四季崎家雖然稱不上古老悠久、傳統深厚，卻也是個頗有歷史的相士家系。」

否定姬刻意強調歷史二字，不過別說是周圍的十一人了，就連匡綱也不解其意。

「這麼說來，卿家亦是相士？」

「不，四季崎家的相士歷史在四季崎記紀那一代便已告終了。是四季崎記紀親手為這個傳統畫下了休止符。」

「唔，這又是何故？」

「為了他的目的——不，為了四季崎一族的目的。」

否定姬一面搖著鐵扇，一面說道：

「我就姑且用『我們』二字吧！我們的目的，乃是竄改歷史。」

「竄改歷史？」

「對。相士能未卜先知，預知未來；而我們的目的，便是改變預知的未來，改變歷史。」

否定姬頓了一頓，方又說道：

「完成形變體刀便是為此而生。」

「……完成形變體刀？」

「是，容我多嘴，替您說明。四季崎記紀有傳奇刀匠之譽，有人說他是實質上支配了戰國時代之人；他所鑄的『作品』，便是變體刀。據說一國擁有的變體刀數目越多，國力便越強——」

否定姬頓了一頓，說道：

「而這正是四季崎記紀刻意造成的。換言之，四季崎記紀的確支配了戰國時代。」

「…………」

「接著我就來說明奇策士蒐集的十二把完成形變體刀。」

絕刀「鉋」、斬刀「鈍」、千刀「鎩」、薄刀「針」、賊刀「鎧」、雙刀「鎚」、惡刀「鐚」、微刀「釵」、王刀「鋸」、誠刀「銓」、毒刀「鍍」、炎刀「銃」。

「四季崎記紀所鑄的刀共有千把，全都荒誕古怪，與常人所知的日本刀有一線之隔；其中最為古怪的，便是完成形變體刀。其餘的九百八十八把，可說是這十二把的試作品。」

「嗯。」

「天下間最為堅韌，不折不損的刀——」

絕刀「鉋」。

「削鐵如泥，能將任何物事一刀兩斷的刀——」

斬刀「鈍」。

「隨時可以替換，無消耗之憂的刀——」

千刀「鎩」。

「如羽毛一般輕盈，如玻璃一般脆弱美麗的刀——」

薄刀「針」。

「重視守禦，防禦力天下無雙，仿造盔甲製成的刀——」

賊刀「鎧」。

「重量驚人，難以舉起的刀——」

雙刀「鎚」。

「不許主人身亡，強行添壽的凶刀——」

惡刀「鐚」。

「既為武器亦為人，仿意中人而造的殺人人偶之刀——」

微刀「釵」。

「導正人心，引人遵循王道，諄諄教誨的解毒之刀——」

王刀「鋸」。

「衡量人的行止，因人而變，模稜兩可的刀——」

誠刀「銓」。

「持刀便欲殺人，毒性最強的刀——」

毒刀「鍍」。

「可從遠處連續攻擊，精細準確，有暗器之效的刀——」

炎刀「銃」。

「以上便是四季崎記紀的十二把完成形變體刀。」

「……那個叫什麼奇策士來著的便是在卿家的指揮之下，集齊了這些刀？」

「是。」

否定姬點了點頭。

其實將軍所言錯得離譜，不過事到如今，也沒什麼分別了。

否定姬無意爭功，但她既然鬥贏了奇策士，自然坐享其成了。

話說回來，連奇策士都是「什麼來著的」？否定姬不由得感慨萬分。但她不動聲色，繼續說道：

「連同尾張城第三兵刃庫中的九百八十八把通常形變體刀，現在四季崎記紀所鑄的變體刀已『全數』集齊。這可是連舊將軍也辦不到的豐功偉業啊！」

「呵！」

聞言，家鳴匡綱得意洋洋地笑了一聲，彷彿是他的功勞一般。其實他未行一事、未下一令，哪兒來的功勞？可他的態度活像是已經勝過了舊將軍。

當然，否定姬不能指正他，只好視若無睹，繼續說道：

「變體刀齊聚一堂，正好稱了四季崎記紀的心意。」

「唔？此話何意？他的目的不是擾亂戰國嗎？」

「當然不是，我所說的竄改歷史並非此意。他的——我們的目的決計不是亂世，而是濟世。」

「濟世？」

「將軍大人，方才聽聞完成形變體刀的特性之後，您不覺得奇怪麼？四季崎記紀怎能造出這些破天荒的特性？」

「何足怪哉？」

家鳴匡綱搖了搖頭。

「這種玩意兒不就是如此？」

「…………」

否定姬微微一笑，表面上像是欽佩「將軍大人」見識過人，其實心中卻是嗤之以鼻。

——就是如此？那倒是。

這麼一提，奇策士從前也這麼說過；不，應該是她上呈幕府的奏章之中寫過如是話語。

否定姬萬萬沒想到，相同的話語由不同的人來說，印象竟能如此天差地遠。

奇策士的才能，便是不浪費功夫去想些思之無益的事；不過這和不用大腦、放棄思考可不一樣。此刻否定姬再度體認了這個道理。

——話說回來，還真有意思。

否定姬心中暗自發笑。因為她發現自己老拿眼前的匡綱與奇策士比較。何者夠格立於人上，倒是一目了然。咎女不愧為奧州霸主飛驒鷹比等之女。

「……變體刀乃是使用未來的技術鑄成的刀劍。這些技術在現代看來匪夷所思，不過一、兩百年之後，又或千年之後，卻是平凡無奇。」

「…………」

「就好比一、兩百年前的技術拿到現代來看，不也尋常至極？道理是一樣的。四季崎記紀有未卜先知之能；這是相士的看家本領，而他在我們一族之中，才能又最為卓絕，足堪以傳奇二字形容。」

「嗯。好了，刀的由來不重要。」

匡綱說道，或許是聽不懂，覺得沒意思。

「問題是在於四季崎記紀為何如此大費周章？」

「……您說得是。」

否定姬點了點頭，神色絲毫未變。

「他竄改歷史，是為了哪樁？再說，改變未來不是相士的大忌嗎？」

「四季崎一族素以改變歷史為己任，不可與尋常相士相提並論。」

否定姬說道。

「唔……未來和命運真能改變嗎？」

「未來與命運能否改變另當別論，但歷史是可以改變的。長年以來，我們一族一直在行改變歷史之事。不過未卜先知之能全被四季崎記紀給用盡了，是以我並無此能。」

「怎麼？真沒意思。」

匡綱失望之情溢於言表。

其實否定姬大可撒謊，不過她自知分寸，不願徒增匡綱的期待。

「然而歷史有修正能力，無論旁人如何改變，它仍會設法復原，回到正軌。」

「回到正軌？卿家方才不是說，改變歷史乃是為了濟世嗎？」

「我的確說過，不過這只是種說辭。我們確實是革命家，然而所行之事，卻是破壞歷史。」

「破壞歷史？」

「好比飛驒鷹比等……」

否定姬想起了奇策士，想起了與她之間的爭鬥，想起了因她而吃的苦頭。

「他便是修正歷史之人。」

「……？」

「說來奇怪，居然無人追究二十年前飛驒鷹比等為何起兵造反。」

「唔……飛驒？那傢伙的事孤可不愛聽。」

匡綱面露不快之色，說道：

「卿家懷疑飛驒鷹比等起兵別有目的？」

「是。我聽說飛驒鷹比等是個不好爭鬥之人，說得好聽點兒，是愛好和平；說得難聽點兒，則是懦弱怕事，不配為一國領主。」

否定姬不願觸怒將軍，便故意說飛驒鷹比等的壞話。

「這樣的人，為何會在太平盛世興兵作亂，殃及全國？」

「不就是因為他想得天下嗎？」

「這是一般的看法，其實他乃是為了修正歷史。」

否定姬一字一句，清楚果斷地說道。

「修正歷史？」

「奇策士的奏章之中亦曾提過，誠刀『銓』乃是埋在飛驒鷹比等的牙城飛驒城地下深處，不過這把刀的正主兒另有其人，是一個名叫彼我木輪迴的仙人——」

「仙人？」

「啊，不，這話請您別放在心上。」

否定姬不願兜開話題，連忙說道。

除了錆白兵及鑢七實之外，所有完成形變體刀之主中，否定姬最為提防的便是彼我木輪迴，因此才不小心搬出了祂的名號；其實彼我木輪迴與否定姬所說之事並無干係。

仙人彼我木輪迴、劍聖錆白兵及天才鑢七實，其實都是因否定姬一族竄改歷史而生；真庭忍軍與凍空一族亦然。

……世事畢竟不能盡如人意。

或許這也是歷史的修正作用吧！

「總而言之，飛驒鷹比等意外得知了完成形變體刀的祕密，而他悟性過人，隨即察覺了我們的目的與破壞行動。」

「悟性過人？」

「對。」

否定姬不過褒上飛驒鷹比等一句，匡綱便顯得大為不樂；看來他是個度量狹小之人。

不過反過來想，或許度量狹小乃是當權者必備的資質。

飛驒鷹比等興兵，害得匡綱成了太平盛世之中唯一有人造反作亂的將軍，讓他在歷史上留下一個不美之名，也難怪他要記仇了。

——留名歷史？你就繼續記仇吧！

「與其說是他悟性過人，倒不如說是誠刀『銓』特性所致；因為此刀乃是衡量人心的天秤。不過飛驒鷹比等既非誠刀之主，亦未曾觸及誠刀，難近歷史真相；他只是在歷史的水面投下石子，激起漣漪罷了。」

「哼！那當然。」

匡綱說道：

「他也不過爾爾。」

「…………」

匡綱如何看待飛驒鷹比等，與否定姬並無干係。現在還不是說出真相的時候，不過倘若他知道奇策士——尾張幕府家鳴將軍家直轄預奉所軍所總監督奇策士咎女乃是飛驒鷹比等的女兒，不知在珠簾之後會作何反應？

奇策士起意集刀，對否定姬而言，乃是個幸運的巧合；不過得知咎女便是飛驒鷹比等之女後，此事的意義便大不相同了。

飛驒鷹比等在歷史的水面之上投石生波，導致史上無人集齊的變體刀齊聚一堂，將錯誤的歷史更加導向錯誤的方向；這對他而言，可說是適得其反。

——雖然我未見過此人，想必是條好漢子。

否定姬如此想道，輕輕一笑。

「……除了他以外，還有另一個人。」

「唔？」

「俗稱的舊將軍，亦是修正歷史之人。」

舊將軍乃是有史以來第一個一統天下之人，亦是被四季崎記紀的變體刀附身之人。

「獵刀令旨在蒐羅日本全國各地的刀劍，乃是個悖離常軌的律令；有人說這道律令表面上的目的是為了在土佐清涼院護劍寺建造刀大佛，暗地裡的目的是為了根絕劍客，真正的目的則是為了集齊四季崎記紀的千把變體刀。這些說法都沒錯，不過還有一個最根本的目的。」

「這個目的便是修正歷史？」

「可以這麼說。其實我認為舊將軍若是有心，要集齊十二把完成形變體刀並不是問題；別的不說，只要他大軍傾巢而出，至少可以奪得王刀『鋸』。但他卻連一把完成形變體刀也沒奪到。要說為什麼，便是因為他不只得集刀，還得修正歷史之故。」

「那他成功了嗎？」

「不，他失敗了。最後他失去了權勢與財力，沒落身故；現在的家鳴將軍家便繼承了他打下的基業。」

這話彷彿是認定舊將軍在現任將軍之上，教匡綱聽了又沉默下來。

見他氣度如此狹小，否定姬也懶得一一理會了。

「舊將軍雖然未能修正歷史，卻阻礙了我們的計畫。舊將軍害得我們的計畫延誤了兩百年，而飛驒鷹比等又害得計畫延誤了二十年。原本計畫該在四季崎記紀的下一代便行告終，誰知竟拖到了我這一代。說實話，是我們一族輸了。」

「……嗯，原來如此。」

匡綱點了點頭，不過他究竟聽懂了多少卻是值得懷疑。

「到了卿家這一代，總算是夙願得償啦！」

「目前計畫仍在進行之中，尚未成功。不過如同方才我所稟告的一般，如今千把變體刀集齊，計畫已進入了最終階段。」

否定姬與舊將軍不同，只要集齊變體刀即可。話說回來，倘若集刀的不是奇策士，只怕無法在短短時間內順利集齊變體刀。

「不過孤聽了卿家這番話，倒有個疑問。」

「是。」

只有一個疑問？這話否定姬放在心裡，沒說出來。

「卿家一族何以竄改歷史？這一點孤百思不解。」

「不錯，這便是關鍵。」

否定姬點了點頭。這確實是個該解釋的問題。

「簡而言之，便是為了我日本國。」

「唔？」

「將軍大人可曾留意過海外的動向？」

匡綱沒有回答，正代表他未曾留意過。

「我沒有未卜先知之能，只能說個大概。大約百年之後，我國將受海外諸國群起圍攻而滅亡。」

這番話聽來可怕，但否定姬說出時依然面帶笑容。

「這是一千年前我們的第一代祖先所留下的預言。」

「我國會滅亡……？」

「是。」

這下子匡綱也不由得心驚膽戰了。然而否定姬卻只是若無其事地答道：

「正是如此。」

「…………！」

「我國實施的鎖國政策，屆時自然也不管用了。您看過地球儀麼？看了地球儀之後，您就會知道這個國家小得多麼驚人。」

「……可、可是，總不會因此滅亡啊！」

說到這兒，匡綱猛省過來，尖聲問道：

「不、不過這個預言……這種歷史已經改變了吧？」

這人想得也未免太美了。否定姬只覺得啼笑皆非。

「不，仍在最後階段。命運相當堅牢，無法輕易扭轉。」

「可、可是卿家不是說變體刀是以未來的技術鑄造的嗎？我國覆滅之後，哪兒來的未來技術呢？」

「四季崎記紀能夠預知的並不限於我國的未來。除了基本的日本刀工法之外，鑄造變體刀的技術大多是採自於海外。」

否定姬說道：

「武士魂這三個字，說來實在名不副實啊！」

「……所、所以才要改變歷史？」

「我並無未卜先知之能，不宜妄下斷語。不過我實際派出部下查探之後，發現眼下的海外局勢果真如此。」

「果真如何？」

「處處戰火，處處侵略。」

否定姬平靜地說道：

「我國過去曾攻打他國，也曾為他國攻打；不過百年後的戰爭規模，可不是這些小仗所能比擬。我國長年鎖國，不知世事；一旦遭受侵略，只怕轉眼之間便會覆滅。」

「卿家一族……」

匡綱的聲音，顯示出他仍未鎮定下來。

「從幾千年前就預知了我國覆滅之事，為了防止預言成真，一直暗中行動？」

「我們便是為此而存在。」

否定姬說道：

「雖然我這話說得豪氣萬千，其實一切都是四季崎記紀的功勞。在四季崎記紀出世之前，我們一族全是為了造就他而活；四季崎記紀出世之後，我們一族全是為了成就他而生。」

「……此話何意？」

「比方您瞧我這副模樣，便知道我身上流有洋人的血統；這是我們一族為了能順利打探海外消息，以應將來不時之需，而刻意聯姻造成的。」

「…………」

「四季崎記紀之後，我們失去了未卜先知之能，說來也是無可奈何。不過我們的犧牲沒有白費，總算是及時達成了夙願。」

「集刀便是達成夙願的方法？」

「不錯，須得將分散各地的刀集中到一處。」

「嗯。」

「至於集齊千把變體刀之後，又會如何？曾有人說集齊變體刀便能得天下，成就千秋霸業——」

否定姬說到此處，天花板上突然傳來了一道聲音。

「大人。」

聽了這聲音，莫說匡綱，連周圍的十一人也是一陣騷動，甚至還有人準備拔刀；然而否定姬並不驚訝。她用不著往上看，便知這道聲音的主人是誰。天花板上之人，正是她的心腹大將——左右田右衛門左衛門。

「肅靜。」

否定姬極為冷靜地說道，手中鐵扇往天花板上一指：

「太慢了，蠢材。」

她一如往常地責備了一句，才又問道：

「怎麼了？」

「屬下有事稟報大人。」

天花板上的聲音——右衛門左衛門說道：

「方才有人入侵尾張城。」

「有人入侵？」

「是。」

右衛門左衛門點頭。

「從正面破門而入。」

「……這種事用得著來向我稟報麼？」

否定姬闔起鐵扇。

「我現在正在談要事呢！」

「因為入侵之人——」

右衛門左衛門冷然說道：

「似乎是虛刀流掌門。」

「……哦？」

否定姬略感驚訝，但隨即恍然大悟。四季崎記紀遺留下來的斷簡殘篇全在一剎那間於她的腦中連結起來了。

「哦……虛刀流？原來是這麼回事啊！這麼說來，錆白兵也是……嗯，那麼完了形變體刀便是……原來如此。哦……原來『鑢』字有這個含意？還真是無巧不成書啊！莫非這就是命運？又或這一切皆在四季崎記紀的掌握之中？」

「卿家唸唸有詞，在說些什麼？」

匡綱不快的聲音從珠簾之後傳來。

「有人入侵又如何？還是繼續談正事吧！虛刀流？孤似乎聽過這個名頭。這等小盜毛賊馬上就會被守卒逐出城去，用不著理會。」

「不，將軍大人。」

否定姬再度打開鐵扇，站了起來。

她臉上的笑容不似方才那般虛情假意，而是暗帶威嚇之色。

只見她擺出了一貫作風，否定「將軍大人」之語：

「我們該散會了。」

三章 攻城

■■

接下來咱們就別加油添醋，把左右田右衛門左衛門稟報的消息照實寫出來。

如前所述，尾張城固若金湯，門牆巨大厚重，即便引兵圍攻亦難以突破；每道城門皆有兩名門卒手持長槍鎮守，不過這只是作作樣子而已。

眾門之中，又以正門最為堅牢。事發當時，一名長身亂髮、結實精悍的漢子突然出現於正門之前；他下身穿著寬口褲，上身則披著一件猶如兩件十二單衣疊合而成的華美女服，雙手垂於身側，未攜兵刃，因此門卒沒瞧出他有破門闖城之意。

京都一帶常有人以奇人異士自詡，打扮得怪模怪樣，是以門卒見狀，便以為這漢子亦是這類狂徒，不以為意。說來也是因為這漢子走過護城橋時的步履太過自然，教人不起戒心之故。

不過待他走到正門之前，兩名門卒可不能視而不見了。他們挺起長槍，按照慣例喝問：

「喂！你在幹什麼——」

待門卒回過神來之時，手上的長槍已斷為兩截，身子則被震飛開來，一個掉到護城河裡，一個卡在橋邊的欄杆上。

兩個門卒一頭霧水，只知自己中了招，卻不知如何中招。

不過此時門卒仍不認為眼前的漢子能夠入侵城內。門卒固然是作作樣子，徒具形式；但尾張城門牢固厚重，單憑匹夫之力豈能打開？

誰知那漢子沉腰縮身，雙腳打橫，在門前擺了招起手式，喝道：

「虛刀流第四絕招——『柳綠花紅』！」一拳揮向城門。

門卒只知他出招，卻不知他葫蘆裡賣什麼藥。只見城門果如門卒所料，分毫未損，但卻靜靜地往兩旁敞開了。

事後門卒察看，方知門後的門閂不知何故斷成了兩截，彷彿是漢子的拳勁穿透城門，直接震斷了門閂。

「……唉！」

那漢子露了這一手驚人功夫，卻只是悶悶不樂地緩緩起身，沉聲說道：

「對不住啦，咎女，只怕我是無法遵從妳的命令了。」

■■

尾張幕府第八代將軍家鳴匡綱聽了左右田右衛門左衛門稟報之後，方寸大亂。

「豈——豈有此理！」

「究竟是怎麼回事！」

或許他是想起了陳年舊事。

二十年前，奧州霸主飛驒鷹比等興兵作亂，攻打幕府；這對匡綱而言，是段難以忘懷的不快回憶。

不過這回可沒那麼簡單。

「如您所聞，將軍大人，賊人入侵尾張城，已經有十名以上的守卒目睹，但卻制伏不了賊人，反而讓他給跑了。」

「那、那又如何！不過區區一個毛賊！」

「將軍大人可別因為他單槍匹馬便小覷了他，他可是獨力奪得了十一把四季崎記紀完成形變體刀的人啊！」

「……獨、獨力奪得？」

匡綱不寒而慄。

瞧匡綱聽聞彼我木輪迴之時的反應，便知他並未詳閱奇策士的奏章；然而奏章畢竟送到了他手裡，他豈能不知鑢七花的戰功？虛刀流掌門的名號，又豈止是似曾聽聞？

真庭忍軍十二首領之一，真庭蝙蝠。

萬人斬的子孫，宇練銀閣。

三途神社掌理人，千刀流掌門敦賀迷彩。

劍法高超的日本第一高手，錆白兵。

勢力龐大的海賊船船長，校倉必。

天生神力的凍空一族之後，凍空粉雪。

天賦異稟的鑢七實。

不要湖的破爛公主，日和號。

遵行王道的活人劍術家，汽口慚愧。

外貌因人而變的仙人，彼我木輪迴。

真庭忍軍十二首領之一，真庭鳳凰。

鑢七花可是從這些高手手中奪得了完成形變體刀。

其實就算不論集刀一事，匡綱也該清楚虛刀流有多麼厲害；因為前任掌門鑢六枝正是平定大亂的英雄，可稱得上是家鳴匡綱的救命恩人。

只不過匡綱可能已經忘得一乾二淨了。管他是不是救命恩人，高高在上的「將軍大人」豈會記得區區一介兵卒呢？

「可、可是尾張城裡的守卒可有上千人啊！難道虛刀流掌門能將他們全數打敗？」

「不錯。」

回答的不是否定姬，而是天花板上的左右田右衛門左衛門。

「很遺憾，縱使此地有數兆人，也阻擋不了虛刀流掌門。」

「別多嘴，右衛門左衛門。」

否定姬出言喝止心腹愛將，卻又點了點頭，贊同道：

「不過這話說得也沒錯。將軍大人，一千人與一萬人，對虛刀流掌門而言並無差別，因為他只有一個人。」

「此、此話何意？」

「我並不是瞧不起城中的守卒，只不過他們擅長的是集體作戰，遇上單槍匹馬的對手反而應付不來。」

「…………」

「以寡擊眾或以眾擊眾之時，只要做好覺悟，措置有方，要取勝倒也不難；不過以眾擊寡的時候，可就不同了。」

否定姬評論道：

「入侵的只有一人，反而最是棘手。」

那人是虛刀流第七代掌門，就更加棘手了。

——對了，這麼一提，鑢六枝二十年前也攻過城。

飛驒城與尾張城的規模固然不可相提並論，但仍是印證了有其父必有其子這句話。

「可、可是虛刀流掌門為何到孤的城裡來搗亂？他不是卿家的屬下嗎？」

「普天之下稱得上是我的屬下的，只有左右田右衛門左衛門一個人。鑢七花乃是奇策士直接管轄，與我無關。」

「奇、奇策士——那就立刻召奇策士前來，命她阻止虛刀流掌門！」

「很不巧，奇策士於集刀途中過世了。」

「什麼……？」

「咦？我方才沒說麼？」

否定姬裝模作樣地笑道：

「看來是隨從死了主子，發了瘋。不過將軍大人，虛刀流掌門闖進城來，固然是件棘手之事，卻也是件幸運之事。」

「怎、怎麼說？」

「因為他乃是達成四季崎記紀計畫與我一族夙願的最後關鍵。換言之，他正是完了形變體刀。」

「完、完了形變體刀？」

聽了這突然蹦出來的詞兒，匡綱大惑不解。

否定姬並不理會，繼續說道：

「此事雖在我意料之外，卻是求之不得。」

「看來四季崎記紀早料到集齊千把變體刀便會發生此事。將軍大人，只要能順利解決此事，家鳴將軍家的天下便是穩若泰山，千秋萬世了。」

「…………」

否定姬不過順道補上這麼一句，便讓匡綱冷靜下來，足見此人如何貪婪重利。

也罷，這種容易捉摸又容易上當的人最好控制，倒也不壞。

「換、換言之，只要把那發了瘋的虛刀流掌門解決便成了？只要這麼做，計畫就能成功？」

「是。虛刀流掌門在此時造反，可說是事出必然。」

奇策士是飛驒鷹比等之女，不能擅饒；不過鑢七花該如何處置，卻是由右衛門左衛門全權發落。否定姬只交代右衛門左衛門，若是鑢七花膽敢阻撓，殺之無妨。

不過右衛門左衛門沒給七花阻撓的機會，便用炎刀「銃」殺了咎女。

——活像是早料到這種情況一樣。莫非這是忍者的本能？

否定姬暗自想道。

也罷，事後再好好問個明白便是。眼下最重要的——

「將軍大人，不是收拾了虛刀流掌門便成，須得照規矩來。」

「什、什麼規矩？」

「這個嘛，唔……」

對了，不如趁這個時候除去這些「眼中釘」。

「我雖是四季崎記紀的子孫，其實並不相信命運……不過到了這個關頭，卻也不禁感到冥冥之中似有安排。」

「唔？」

「在場有十一位與將軍大人一心同體的好漢，再加上我的心腹左右田右衛門左衛門，正好是十二人；就用這十二人來完成這段歷史吧！」

■　■

「呼！」

否定姬的推論分毫不差，鑢七花正是因為單槍匹馬，方能將城內的守卒耍得團團轉。

尾張城內守卒雖有上千人，奈何過於廣闊，多的是可藏身之處；再者，幕府兵部也從未想過會有賊人膽敢單槍匹馬正面闖入尾張城，便疏忽了防備。城內火槍隊雖眾，找不到目標又有何用？

其實莫說別人，追趕七花的眾守卒亦是丈二金剛摸不著腦袋。這麼一個高頭大馬又穿著華麗女服的男人，只消見過一次便永生難忘，再是醒目不過，豈有找不到之理？

這正是鑢七花在這一年之間習得的戰法。

過去的七花性情樸野，像隻山豬一樣，只懂得橫衝直撞；不過現在的他已經學會了如何不戰而勝。

七花曾來過尾張兩次，一次在八月，一次在十月；不過這兩次進宮的都只有奇策士，七花則是留在咎女的奇策府中待命。因此七花並未親眼見過尾張城內的構造，即便見過，只怕也記不得如此複雜的格局。

不過他記不得，有人記得可清楚了。

光看奇策士不帶嚮導便能走遍日本各地，以及在不要湖對付日和號時露的一手繪圖本領，便知她熟悉地理，善繪地圖。旅程中，咎女不知出於何意，曾繪了張圖，將尾張城內的構造一五一十地告訴七花；或許是集齊變體刀之後有她的用處。

咎女繪的不止平面圖，還有立體圖。

當然，七花與咎女不同，記性不好，無法將咎女繪下的圖全數記住；不過要供他在城裡且戰且走，已經是綽綽有餘了。

幕府為防內賊，刻意保留，是以就連眾守卒也不瞭解自己轄區以外的構造；不過七花卻能在城裡暢行無阻，時而現身戲弄守卒，時而隱身小憩。

七花便靠這套神出鬼沒的戰法以寡擊眾。

城內守卒亦是精挑細選而出的精銳之士，若要對付一年前毫無實戰經驗的七花或許還行，但如今七花經驗老到，是萬萬不敵了。

「呼、呼、呼！」

七花調息勻氣。

單人攻城，畢竟困難；饒是七花也不得不找個地方藏身，好好歇息一番。

他身上這套猶如兩件十二單衣交疊而成的錦衣華服，正是咎女的衣物。

「……唉！」

——爹攻城的時候，好歹也還有幾個弟兄為伴啊！

「包含守卒在內，城裡懂得武功的約有一千兩百人……到現在我打了多少人？……應該有百來個了……」

再打五十個應該不成問題吧！七花暗自想道，站了起來。

他想起三月裡去出雲三途神社的事。出雲神社共有一千名巫女，當時咎女若談判失敗，他就得以一敵千。

只要是為了咎女，無論如何敵眾我寡，七花都能慨然上陣；不過現在卻覺得有點兒力不從心。

因為現在的他並非為了咎女而戰。

「……！」

背後突然有了動靜，七花連忙轉身，心中暗叫不妙：「居然讓敵人逼近身後，看來我當真是累了。」

然而仔細一瞧，來者並非敵人，而是隻烏漆抹黑的烏鴉。

七花見狀，暗自鬆了口氣，誰知那烏鴉居然說起話來了：

「『虛刀流掌門』。」

七花一驚，連忙擺出起手式。

「原、原來烏鴉會說話啊！——不對。」

烏鴉不會說話。那現在又是怎麼回事？

「『不解』。」

烏鴉不理七花，自顧自地說道：

「『我本該讚一句「你來得正好」，不過我實在不懂你為何要來送命，說不出這句違心之論。枉費我特地放你一條生路，你卻不知珍惜；奇策士大人若是地下有知，也要悲嘆不已啊！』」

「右、右衛門左衛門？」

聲音雖然不同，可那獨特的說話方式卻是如出一轍，定是左右田右衛門左衛門無疑。

「『相生忍法——移聲。這是最基本的忍法。』」

烏鴉說道：

「『也罷，這不重要。虛刀流掌門，我已經屏退尋常兵卒，你用不著繼續打這些無謂的仗了。』」

「…………？」

「『也不必東逃西竄，直接上天守閣即可。我和主子在那兒等你。』」

「等我……？」

「『你是來替奇策士大人報仇的吧？路上會有幾個不尋常的兵卒阻擋你的去路，不過我和主子都相信他們不會是你的對手。當然，將軍大人想必不樂見這種情況發生就是了。』」

烏鴉說完，便逕自飛走了。

七花要擒住牠並非難事，不過他知道這麼做沒有意義。他過去曾與真庭忍軍交手數次，已能推測出相生忍法移聲是個什麼樣的招數。

左右田右衛門左衛門應該正如他所言，人在天守閣裡，與否定姬一道等著七花前來；而屏退尋常兵卒一事，想必也不假。

「……不過他猜錯了。」

七花從藏身之處探出身子，伸展筋骨，甩起一身的錦衣華服，悶悶不樂地說道：

「我不是來替咎女報仇，而是來尋死的。」

接著他又脫口說出了主人禁止他說的話語。

「唉！真是麻煩得緊。」

四章
家鳴將軍家禁衛十一傑

六
五
四

九
七

■■

通往天守閣的第一個房間之中，有個男子手持絕刀「鉋」而立，刀已出鞘——不，絕刀「鉋」堅韌無倫，不折不損，本就無鞘，自無出不出鞘可言。

絕刀「鉋」的前一個主人乃是真庭忍軍十二首領之一「冥土蝙蝠」真庭蝙蝠，亦是七花頭一個交手的完成形變體刀之主。

「——我乃家鳴將軍家禁衛十一傑之一，般若丸。」

那男子目光如電，一頭瀏海留得參差不齊；只見他報上名字之後，便舉起絕刀「鉋」，指向七花。

「…………」

七花略感懷念地望著絕刀，對般若丸說道：

「來這裡的一路上，我還有餘力手下留情，一個兵卒也沒殺，但接下來可不同了。你有多少本事我不清楚，也不在乎；不過既然你使的是四季崎記紀的完成形變體刀，我就不能手下留情。」

「你還有心情說大話？」

般若丸掀起嘴角，從容一笑。

「瞞者瞞不識，識者不能瞞。虛刀流掌門，你根本不是靠著自己的本領奪得這把刀，而是對手真庭蝙蝠弄巧成拙，自取滅亡。別說要斷這把刀了，你連在上頭刮個花都辦不到。我沒說錯吧？」

「…………」

「將軍大人和那個叫否定姬的古怪婆娘在想什麼，我不知道；不過屏退尋常兵卒的確是個正確的判斷。要說為什麼嘛──因為要收拾你這種三腳貓，我一個人便綽綽有餘──！」

般若丸一面奮力大喊，一面攻向七花。

房間不大，七花逃也逃不得，避也避不開。

「──報復絕刀！」

面對這來勢洶洶的一刀，七花故技重施，用上了從前對付絕刀時的招式。

「虛刀流，『菊』！」

他以自己的脊骨為支點，將絕刀「鉋」牢牢固定；無論是方向或力道，都和他對付真庭蝙蝠時如出一轍。

唯一不同的，便是絕刀「鉋」如同枯枝一般，啪一聲斷為兩截。

「咦……咦咦咦？」

般若丸一臉驚愕。

七花說道：

「饒是神兵利器，落到庸人手上，也不過是把破銅爛鐵。我要收回前面那句話，就算是四季崎記紀的刀，只要使的人不成材，也不足為懼。」

「…………！」

「對不住啦！現在要手下留情也來不及了。」

七花由虛刀流「菊」變招，毫不容情地使出了虛刀流最終絕招「新七花八裂」。

以般若丸的武功，豈能抵擋此招？

其實虛刀流「菊」本就不是一般的斷刀招式，而是開山祖師鑢一根與四季崎記紀為了折斷天下間最為堅韌的刀——絕刀「鉋」而一起創出的招式。七花在不承島上未能斷刀，只是因為他當時沒有實戰經驗，招式使得不夠純熟罷了。

「——第一把。」

■

■

通往天守閣的第二個房間之中，有個男子佩帶斬刀「鈍」而立。

斬刀「鈍」是把削鐵如泥的寶刀，能將天下間的任何物事一刀兩斷，前一個主人乃是下酷城城主——拔刀術高手宇練銀閣，亦是七花第二個交手的完成形變體刀之主。

「——老夫乃家鳴將軍家禁衛十一傑之一，鬼宿不埒。」

那男子頂了個大光頭，卻留了一嘴虬髯，做僧人打扮；只見他報上名號之後，便沉腰紮馬，將右手放到了刀柄之上，準備拔刀。

「斬刀『鈍』啊？」

七花喃喃自語，完全沒瞧上鬼宿不埒一眼，只是望著刀感慨萬分地說道：

「我奪這把刀時，還是個只會硬打蠻幹的莽夫。這麼一提，我還沒瞧過這把刀的刀身呢！」

「……你再也沒機會瞧了。」

不埒平靜地說道。

他雙目緊閉，停在房間中央動也不動，似乎是在仿效宇練銀閣的絕對領域。

不過這個房間寬敞廣闊，畢竟不似宇練銀閣的絕對領域那般無隙可乘。相對地，由於天花板太高，七花也不能使出擊敗宇練銀閣時用的第七絕招「落花狼藉」來對付他。

七花亦無故技重施之意，只是大剌剌地走向鬼宿不埒。

「……告訴你，老夫來這兒之前，已經用此刀殺了五個人。這意思你可明白？」

待七花走到刀尖所及之處，不埒便一口氣拔出刀來。

「換言之，『獵斬刀』的條件已經齊全了——如今老夫的刀比音速還快！」

「用不著你說，我也知道。」

七花懶洋洋地說出這句話時，已經空手接下了斬刀。

「什麼……？」

「斬刀雖然削鐵如泥，但側面可是連張紙也削不了。說到無刀，頭一個想到的便是空手入白刃；我用的這招在虛刀流裡並無名稱，換言之，是個理所當然、不值特書一筆的招數。你的拔刀術稀鬆平常，用這種尋常招式便能接了。」

「唔……呃！」

「不過這把刀厲害非常，稍不留意便會送掉小命，我可得當心。對不住，對你，我也不能手下留情。」

說著，七花便使出了第三絕招「百花繚亂」。

這記絕招在挾著刀空不出手來之時亦能使出，用來收拾鬼宿不埒的性命綽綽有餘。

不埒應聲倒地，七花瞧也沒瞧上他一眼，只是瞇著眼打量斬刀「鈍」；不過七花根本不懂刃紋和刀工，瞧不出任何名堂來，因此看在他眼裡，斬刀也和尋常刀劍沒什麼兩樣。

「沒什麼稀奇的嘛！」

說完這句話，七花便使勁將這把一刀兩斷用的刀斷為兩截，丟在地上，朝下個房間出發，彷彿斬刀是個一文不值的無聊玩意兒。

「──第二把。」

■■

通往天守閣的第三個房間之中，有個女子雙手各持一把千刀「鎩」而立；餘下的九百九十八把，則是密密麻麻地插在地板、牆上及天花板上各處。

若非房間極大，在屋內是決計擺不出這等陣仗的。

千刀數有千把，隨時可供替換，是把取之不盡、耗之不竭的刀；它的前一個主人乃是三途神社掌理人──千刀流掌門敦賀迷彩，亦是七花第三個交手的完成形變體刀之主。

「我乃家鳴將軍家禁衛十一傑之一，巴曉。」

只見頭戴單眼罩的女子報上名號之後，便一前一後地舉起了手上的兩把刀。

「……看來咎女的奏章也不盡是胡謅。」

七花啼笑皆非，環顧密布房內的千把刀，嘆了口氣，說道：

「不過有利也有害。你們只會依樣畫葫蘆，豈能勝過我？」

「是麼？」

聽了七花這番話，巴嗤之以鼻，笑道：

「你可知道敦賀迷彩所使的千刀流是什麼來頭？」

「不知道，她沒同我說過。」

「其實這套劍法歷史悠久，雖然名氣不大，可使的人也不少。」

「……所以呢？」

「我也能使千刀流。」

巴一面說話，一面慢條斯理地逼近七花。

「換言之，我正是使這把千刀『鎩』的最佳人選！」

巴一面咆哮，一面將刀擲向七花。

七花閃過，她又拔出榻榻米上的刀，舞著雙刀闖進七花的攻擊範圍之中。

「也能使出最道地的千刀巡禮！」

「那又如何？」

七花閃過刀後，並不回到原位，而是順勢轉進兩把刀的空隙之中，反手一拳，往巴的胸口打去。

「唔……」

巴悶哼一聲，七花又乘勝追擊。

「我與迷彩交手時之所以陷入苦戰，是因為她性情豪邁，足智多謀，是我最棘手的類型。不過冷靜下來仔細想想，刀的數目根本不成問題。」

「…………！」

當然，七花可不光是動嘴，他的手上也沒閒著。

七花使出了對付敦賀迷彩時的招數——虛刀流最快的招式，第一絕招「鏡花水月」。說來也是七花對她所盡的微薄禮數。

巴中了七花的招式，手中雙刀互相撞擊，將其中一把撞出了偌大的裂痕。

「雖說千刀號稱取之不盡，用之不竭，但少了一把，便再也補不回來了。」

七花望著刀上的裂痕，喃喃說道：

「——第三把。」

■
■

通往天守閣的第四個房間之中，有個男子手持薄刀「針」而立。

薄刀「針」刀身薄可透光，如玻璃一般，須得定睛凝神方可看見，既輕盈又脆弱；它的前一個主人便是年方弱冠的日本第一高手——劍聖錆白兵，亦是七花第四個交手的完成形變體刀之主。

「我乃家鳴將軍家禁衛十一傑之一，浮義待秋。」

那男子並未剃髮，一頭長髮垂於身後；他報上名號之後，以華美的薄刀指著七花的下盤，說道：

「我得感謝你，虛刀流掌門。於巖流島敗在你手下的錆白兵乃是我的勁敵，我們時常切磋劍術；他還在幕府的時候，我和他雖然稱不上朋友，卻常一起行動。」

「…………」

「說歸說，我並無替他報仇之意。你勝過了錆，我只要擊敗你，便等於超越了他。」

「光這一年來……」

七花說道：

「說同樣的話來向我挑戰的人就有二十個。他們的名字我忘了，不過你的名字我倒可以記住。你叫浮義是吧？」

「哈！休說大話！」

浮義打住了話頭，挺刀攻向七花。他的速度奇快無比，想來是因為薄刀極輕，幾無重量之故。

不，縱使刀身再輕，一般人的步法也不能如此迅速。

這乃是七花過去在巖流島見識過，卻看不穿的招式——錆白兵所使的步法，爆縮地！

「——白兔開眼！」

薄刀「針」揮落，眼看著就要把七花的腦袋砍成兩半，誰知卻被七花的額頭彈開，碎了一地。

「咦……豈有此理！」

「薄刀脆弱，劍法不夠精準之人，揮刀時只要稍微偏了，便會撞碎刀身；你能使薄刀而不損及刀身，不愧是錆的勁敵。不過——」

七花慢條斯理、優哉游哉地擺出了虛刀流第二式「水仙」。

「我只消稍微偏一偏身子，便能抵擋薄刀『針』。」

這辦法並非七花所想，而是數月之前咎女見到薄刀「針」時，花了兩秒便想出來的奇策。

只不過刀碎了便無法蒐集，而這種雕蟲小技也不見得對劍聖有效，因此這條奇策才沒派上用場。

「面對你啊，我是一點兒也不怦然心動。」

如此這般，七花露了手第二絕招「花鳥風月」，往浮義的身子招呼。

「——第四把。」

■　■

通往天守閣的第五個房間之中，有個男子身穿賊刀「鎧」而立。

賊刀「鎧」乃是件銀色的西洋甲冑，四處嵌有刀刃，既為鎧甲亦為刀；七花已是高頭大馬，而這件鎧甲更勝一籌。

它的前一個主人乃是盤據薩摩濁音港的海賊——鎧海賊團船長校倉必，亦是七花第五個交手的完成形變體刀之主。

「我乃家鳴將軍家禁衛十一傑之一，伊賀甲斐路。」

男子身在鎧甲之中，七花看不見他的相貌。只見他報上名號之後，便沉腰紮馬，作勢欲衝撞七花。

見狀，七花不由得吃了一驚。

「……我還以為只有校倉才穿得上這件鎧甲呢！」

校倉必乃是身長超過七尺的大漢，沒想到幕府之內居然有人和他一樣高大。咎女從沒提過這件事。

「哈哈哈！」

甲斐路笑道：

「怎麼可能？你聽了我的姓氏，還聽不出名堂來嗎？我是用忍法穿上這件鎧甲的。」

「……伊賀？哦，說到伊賀──」

換言之，此人和左右田右衛門左衛門一樣，都是忍者？

七花不明白眼前之人是什麼來歷，卻明白他是如何穿上賊刀「鎧」的。

「這正是伊賀忍法──瞞筋骨。」

「……把身體變大的招數？和蝙蝠的忍法倒有相似之處。不過我已經見怪不怪啦！」

「我也不想你奇怪。話說回來，虛刀流掌門，奏章上曾寫道，你的絕招對這件鎧甲完全不管用。」

「…………」

「我可不會和校倉一樣，仗著鎧甲堅固便大意輕敵。在你抓住我之前，我便會把你撞扁！」

不過這回卻是七花得了先機。

他趁著甲斐路高談闊論之際，使出了第七式「杜若」，一口氣逼近甲斐路。

「！」

待甲斐路回過神來，已經挨了七花一記掃腿。

「身體變大了，體重可沒變吧？這招對付校倉不管用，不過要掃倒你卻是易如反掌。」

「………！」

「還有啊……你以為咎女見我的絕招對賊刀不管用，會置之不理嗎？其實她早就找出『柳綠花紅』未能奏效的原因了，只是沒寫在奏章裡而已。」

七花趁著甲斐路尚未落地，又使出了他破壞尾張城正門時所用的隔山打牛之技——虛刀流第四絕招「柳綠花紅」。

「其實賊刀『鎧』是把能卸去勁道的刀，它能將己身承受的勁力從鎧甲之中轉移到外面；所以當鎧甲處於未接觸地面或牆壁的空中之時，勁道便無從轉移，反而會在鎧甲之中爆發。」

正如七花所言，只見大量的鮮血從鎧甲的接縫及關節之中汩汩流出。

「一旦穿上賊刀『鎧』，只能從裡頭卸甲；這下子賊刀『鎧』也等於毀去了。」

七花俯望著倒地不動的甲斐路——不，賊刀「鎧」，往下一個房間走去。

「——第五把。」

■■

通往天守閣的第六個房間之中，有個男子手持雙刀「鎚」而立。

雙刀「鎚」是把奇重無比的粗陋石刀，不但難以搬運，一旦不慎鬆手落地，還會陷入地面之中。

它的前一個主人乃是居住於一級災害區蝦夷踊山上的凍空一族遺孤——凍空粉雪，亦是七花第六個交手的完成形變體刀之主。

「我乃家鳴將軍家禁衛十一傑之一，真庭孑孑。」

那男子身穿無袖忍裝，全身纏繞鎖鍊；只見他報上名號之後，便持刀指向七花。

「……好厲害！」

七花不禁讚道：

「校倉必的體格是天下一絕，拿得動這把刀的人也是世間少有。莫非你也是凍空一族之人？」

「怎麼可能？」

孑孑搖頭道：

「我乃是真庭忍軍出身。」

「唔……」

這麼一提，他方才是說他姓真庭。

剛才是伊賀，這會兒輪到真庭了？原來幕府和忍者的關係如此密切。

「兩百年前，我的祖先背叛真庭忍軍，轉而效忠現任將軍家。」

「原來是叛徒中的叛徒啊！莫非是厭倦了只肯為利而動的真庭忍軍，才另投明主？」

「這我就不曉得了，畢竟背叛的是我的祖先，不是我。不過有一點可以確定——我和你過去擊敗的真庭忍軍眾首領完全不同。」

「你拿得動雙刀『鎚』，也是真庭忍法的功效？」

「不錯，真庭忍法——足輕。」

「…………」

七花恍然大悟。這不是姊姊使過的招式嗎？

唔？慢著，這麼說來——

「想不到最後居然是由我來替那幫人報仇。或許這也是天意吧！」

子子耍起天下間最重的刀雙刀「鎚」，簡直和使薄刀「針」沒什麼兩樣；他一逼近七花，便挺刀往七花的臉龐刺去。

「雙刀之犬！」

誰知七花只是輕輕一擋，便將這招給接了下來。

「咦……？怪了。」

「忍法足輕……是消除重量的招數吧？」

七花說道：

「沒了重量，這把刀還有什麼意義？」

「糟、糟了！」

「真庭忍軍十二首領我不是個個見過，不過就我見過的裡頭，還沒有比你更蠢的。」

說著，七花便挨著雙刀「鎚」朝著子子發了一掌。

他使出的是第一絕招「鏡花水月」，連人帶刀，將雙刀「鎚」一併擊毀。

失去了重量的雙刀，對七花來說便和尋常的石塊無異。

「——第六把。」

■

■

通往天守閣的第七個房間之中，有個男子將惡刀「鐚」插在心臟之上，等著七花前來。

惡刀「鐚」狀似苦無，刀身之上帶電，只要插在身上，便能消除疲弊，甚至能製造出百戰不歇的不死軍隊。

它的前一個主人乃是七花的姊姊，鑢家的一家之主，擁有天賦異稟的鑢七實，亦是七花第七個交手的完成形變體刀之主。

「我乃家鳴將軍家禁衛十一傑之一，胡亂。」

那男子戴著古怪的西洋眼鏡，渾身青筋暴現，看來是惡刀「鐚」所致。只見他報上名號之後，便擺出了拳法架勢。

「聽說從前使用這把惡刀『鐚』的便是你的姊姊？我這個身強體健的練家

子和你那體弱多病的姊姊可是大不相同，使起『惡刀七實』來，威力亦不可同日而語，你可要覺悟啊！我不管你是什麼勞什子的虛刀流還是完了形變體刀，總之你是得死在此地了。」

「要擊敗你確實得費點兒手腳。」

七花答道：

「沒辦法，我就學學我那體弱多病的姊姊吧！」

「啊？」

「任你是不死之身，體力無窮無盡——」

七花話說到一半，一個閃身，便出其不意地繞到胡亂右邊。

「殺你一次不死，殺個幾百次總該死了吧？」

「什麼……？」

「虛刀流——『雛罌粟』至『沉丁花』混合連打！」

這是過去七實在清涼院護劍寺對七花使出的招數，如今七花如法炮製，朝著胡亂的不死之身連打二百七十二掌。

當然，七花可不像七實一樣能使忍法足輕，這二百七十二掌是掌掌到肉，毫不容情。

結果胡亂死了二百七十二回。

最後惡刀「鐚」用光了刀內蘊含的電氣，成了個榨取殆盡的空殼，從胡亂的心窩緩緩滑落。

「最凶惡的刀？的確，你的死狀看起來便像是受過嚴刑拷打，是我看過最凶惡的一種。」

七花對著胡亂的屍首說道。

「——第七把。」

■■

通往天守閣的第八個房間之中，有個女子與微刀「釵」——亦即日和號並肩而立，等待七花前來。

微刀「釵」乃是仿造人偶製成的刀，有四條手臂及四條腿，能夠自律自動，運轉不息；它的前一個主人便是微刀自身，亦是七花第八個交手的完成形變體刀之主。

「我乃家鳴將軍家禁衛十一傑之一，灰賀歐。」

那女子留著一頭濃密的秀髮，分成了左右兩邊；只見她報上名號之後，便與日和號一起逼近七花。

「我話說在前頭，日和號的設定已經更改過了，不似在不要湖時一般見人便殺。現在的日和號是個只聽我命令的可愛娃娃，而目前的命令只有一個，便是殺了你。」

「是嗎？」

七花聽了灰賀這番話，反而放心地點了點頭。

見灰賀一臉狐疑，七花又解釋道：

「我對日和號頗有感情，原本不忍毀壞它；不過既然它的腦袋已經被妳動過手腳，我便用不著顧慮了。」

七花好心解釋，卻惹得灰賀怒火中燒。

「虛刀流掌門，你究竟懂是不懂？現在可是二對一啊！二對一，二對一，二對一！你光是對付四手四腳便吃盡苦頭，要如何應付六手六腳？」

灰賀與日和號分從左右同時攻向七花。

灰賀雙手裝著鉤爪，日和號則飄浮於榻榻米上。

「微刀・釵！」

不錯，這正是日和號最終形態——

「人偶殺法・微風刀風——」

「……虛刀流最終絕招，七花八裂，見招拆招！」

七花同時對著左右打出了這記結合七式絕招而成的招式，其中四招是對著日和號打，剩下三招則是對著灰賀毆打。

「喀……！」

日和號身體被七花擊碎，撞上了石灰牆；灰賀亦是同樣命運，撞上了另一邊的牆壁。

「喀……喀，喀！」

灰賀中的絕招較日和號少上一招，所受的衝擊較輕，雖然傷重足以致死，卻未一擊斃命，說來也不知該算是走運或倒運。只見她一面咳血，一面喃喃說道：

「豈有此理……明明是二對一……你和日和號單打獨鬥時吃盡苦頭，為何以一敵二反而能輕鬆獲勝？」

「一來當時的目的是蒐集日和號，並非毀壞；二來……」

七花冷冷說道：

「妳拖累了日和號，害它無法發揮實力。」

「…………！」

「好了。」

七花略帶歉意地瞧了日和號的殘骸一眼之後，便離開了房間。

「——第八把。」

■　■

通往天守閣的第九個房間之中，有個男子高舉王刀「鋸」而立，等待七花前來。

王刀「鋸」乃是把木刀，上頭有著流麗的木紋，既不鋒利，亦不堅硬，可說是尋常無奇；然而它卻能約束持刀之人的心神，相當神奇。

它的前一個主人乃是心王一鞘流第十二代掌門汽口慚愧，亦是七花第九個交手的完成形變體刀之主。

「我乃家鳴將軍家禁衛十一傑之一，墨丘黑母。」

那男子表情嚴峻，貌似發怒；他報上名號之後，便對七花說道：

「虛刀流掌門——不，我就直呼你的姓名吧！鑢七花。」

「…………」

「你我交手並無意義。倘若你肯立刻投降，我可以替你求情。」

七花默默不語，墨丘又說道：

「正所謂王刀樂土，我一拿起這把刀，便覺得心平氣和；有尾張第一驍悍之譽的我，竟會動起放你一馬的念頭，可見一斑。鑢七花，你可願接受我的提議？」

「不願意。」

「是嗎？那我便一擊斃了你，免得你多受皮肉之痛！」

墨丘毫不猶豫地挺刀刺向七花的咽喉，七花身子一閃，漂亮地閃過了這一擊，王刀「鋸」的刀尖只是微微掠過了七花的頭髮。

「虛刀流第六絕招——『錦上添花』！」

七花毫不容情地對墨丘使出此招，王刀「鋸」也跟著化為粉屑。

「抱歉……你和汽口不一樣，說的只是表面話，根本無法打動我，教我聽了反而光火。」

七花落地之後，頭也不回地說道：

「所謂江山易改，本性難移；就算刀能祛除毒性，若是持刀者品行不端，還是沒用。這回我可上了一課。」

七花起身，瞧了瞧被削落的髮絲，說道：

「——第九把。」

■■

通往天守閣的第十個房間之中，有個女子目不轉睛地凝視手中的刀柄，並未面向進入房間的七花。

她手中那把徒有刀柄卻無刀身的刀正是誠刀「銓」。千把變體刀之中，多的是形狀不似刀劍的怪刀；而誠刀「銓」更是其中唯一一把連刀刃都沒有的非刀之刀。

它的前一個主人乃是因人化身的三百歲仙人——彼我木輪迴，亦是七花第十個交手的完成形變體刀之主。

「我乃家鳴將軍家禁衛十一傑之一，皿場工舍。」

那女子頭綁頭巾，身穿短衣，一身靈便打扮；她報上名號之後，依然未瞧七花一眼，只是繼續說道：

「你說我該怎麼辦？」

她居然問起七花的意見來了。

「用這種鬼玩意兒要怎麼打啊……？你懂我的心情麼？上頭居然要我拿這種莫名其妙的怪東西去和人打架，聽了這種話，再高的忠誠都消磨光啦！」

「……那把刀的上一個主人搞過一個叫『誠刀防衛』的名堂，不過也只是放棄比試，東逃西躲而已。」

「我豈能不戰而逃呢？」

「那就拿來丟吧！」

「乖乖聽從你的意見似乎不大妥當，可又沒有其他辦法，只好照辦啦！」

皿場依言行事，朝著七花擲出了手中的誠刀「銓」。

七花一腳將誠刀「銓」踢向天花板，誠刀「銓」應聲碎裂。

皿場隨後攻向七花，七花卻緊接著使出了下一招。

「虛刀流第五絕招——『飛花落葉』！」

皿場並未哀嚎，只是說了句「我真倒楣」，隨後便倒地不起。

皿場進招時手無寸鐵，因此七花尚有餘力手下留情，選了殺傷力較弱的「飛花落葉」還擊；若是皿場運氣好，或許能留住一條命。

莫非這也是誠刀「銓」的功效？

七花一面憶起那個惹人不快的仙人，一面暗自想道。

總歸一句，總算解決了。

「——第十把。」

■
■

通往天守閣的第十一個房間之中，有個男子挺毒刀「鍍」而立。

四季崎記紀所鑄的千把變體刀皆有持刀便欲斬人的毒性，而其中毒性最強的，便是這把烏黑的毒刀「鍍」。

它的前一個主人是真庭忍軍十二首領之一「神禽鳳凰」真庭鳳凰，亦是七花第十一個交手的完成形變體刀之主。

「我乃家鳴將軍家禁衛十一傑之一，呂桐番外。」

那男子身材壯碩，卻兩眼無神，聲細如蚊，心不在焉；他報上名號之後，便挺起搖搖晃晃的刀尖指向七花。

「呂……呂桐，呂桐番外，呂桐，呂桐……四季崎？四季……呂桐，呂桐，呂桐，四季……四季崎，四季崎……」

「唔……」

七花冷眼觀看呂桐。

「原來如此，並不是每個人手持毒刀『鍍』都會被四季崎記紀附身。不愧是猛毒刀與，這個人拿了刀就變得瘋瘋癲癲的了。」

「呂桐，四季崎？四季崎，四季，四季，呂桐，呂桐，四季崎，四季崎，四季崎，四季崎，記紀，記紀，呂桐，呂桐，呂桐，呂桐，呂桐——四季崎，四季崎記紀，四季崎記紀，四季崎記紀……」

「我還暗自擔心會再碰上那個刀匠，現在可放心啦！……你等著，我立刻讓你解脫——從這種無聊的刀劍相殘之中解脫，呂桐番外！」

七花喚著這剛聽來的名字，衝向搖搖晃晃的呂桐番外，並在他跟前屈身一縱。

不錯，這個房間的天花板高度足以讓七花使出這記絕招。只見七花一躍而上，身子往上翻轉，腳踝猶如一把斧頭迎頭劈下——

「虛刀流第七絕招——落花狼藉！」

七花一腳砸向呂桐番外的腦門，他手上搖搖晃晃的毒刀「鍍」也跟著遭了池魚之殃；同一時間，殘留在毒刀「鍍」上的傳奇刀匠四季崎記紀的人格也完全消滅了。

「——第十一把。」

■■

十一連戰十一連勝，而且場場皆是速戰速決。

話說在前頭，這可不是因為家鳴將軍家禁衛十一傑全是酒囊飯袋，而是鑢七花太過厲害。

虛刀流第七代掌門鑢七花打遍日本頂尖高手，如今經驗老到，又除去了枷鎖，自然是所向無敵了。

開始集刀之前，奇策士咎女曾叮囑七花：

「不許傷及變體刀。」

既然目的是集齊四季崎記紀的完成形變體刀，自然不能損及刀身分毫；七花接下這道命令，對虛刀流及他而言都是莫大的束縛。

然而如今他不須受制於這道束縛，因為他的主子已經不在人世了。

「唉……真是麻煩得緊。」

這便是七花十一連戰十一連勝之後的感想，亦是七花獲准斷刀之後的真正實力。

五章 鑢七花

■

■

通往天守閣的最後一個房間，與第三個房間一樣寬闊；有個金髮碧眼的女子與身穿西裝、頭戴面具的男子正在房間之內等候鑢七花前來。

他們正是否定姬與左右田右衛門左衛門。

「你來得倒挺快的啊！七花小兄弟。」

否定姬滿臉笑容，一開口便先褒勉七花一番。

「出乎我意料之外。你說是不是？右衛門左衛門。」

侍立於否定姬身後的右衛門左衛門聽見主子問話，便點頭答道：

「是，屬下也感到萬分意外。」

「是啊！人偶爾得吃點兒驚才好。」

仔細一想，這還是七花頭一次見到否定姬與左右田右衛門左衛門並肩而立。

虛刀流之於奇策士便等於左右田右衛門左衛門之於否定姬這一點，乃是無庸置疑；不過這兩組人卻有個極大的不同之處，便是咎女與七花總是形影不離，但否定姬與右衛門左衛門卻老是分處二地。

這二地可不光指房裡和天花板上。否定姬待在尾張否定府裡，大門不出，二門不邁，右衛門左衛門卻是奔波於全國各地。據說右衛門左衛門老早就開始暗中監視七花與咎女二人。

「……話說回來，七花小兄弟，你怎麼連聲招呼都不打呢？」

否定姬以鐵扇掩口，說些無關緊要的風涼話。

「那個惹人厭的婆娘連這種小事教不好？真是的。」

「……你們不是要在天守閣等我嗎？」

七花打破沉默，開了口。

「倘若我沒記錯，這裡應該還不是天守閣吧？天守閣在更前頭。」

「我否定。」

否定姬答道：

「右衛門左衛門使用移聲向你傳話的時候，計畫尚未底定。不過你大可放心，尾張幕府第八代將軍家鳴匡綱大人確實在天守閣頂樓，並未逃走。」

「…………」

「我也不會讓他逃的。」

否定姬說道，轉身打開背後的紙門，蓮步輕移，爬上了門後的樓梯。右衛門左衛門並未轉頭瞧上否定姬一眼，一張面具依然正對著七花。

看來他們早就計議妥當了。

原來如此，否定姬只是來這兒露個臉，真正要大展身手的是左右田右衛門左衛門。

「不錯，七花小兄弟。」

否定姬停下腳步，背對著七花，說道：

「因為你說不定會死在這兒，我才特地來瞧你最後一眼。我對奇策士雖然深惡痛絕，卻不討厭你。」

「…………」

「若你擊敗右衛門左衛門，便爬這道樓梯上來吧！接下來只有一條路，直通天守閣。只要你上得來，我就乖乖引頸就戮。」

「喂，否定姬，我——」

「右衛門左衛門聽令。」

否定姫打斷七花，將話鋒轉到了她的部下右衛門左衛門身上。

「殺了虛刀流掌門。」

「……遵命。」

右衛門左衛門靜靜地點頭。

「不過屬下若殺了虛刀流掌門，四季崎記紀的計畫便功虧一簣了。」

「是啊！不過……或許你還沒發現，其實我是個天生反骨之人。」

否定姫笑道：

「我雖然很想替四季崎記紀完成夙願，可是也很想看他心願破滅啊！」

「………」

「我相信你一定能讓我見到其中一種結局。」

說著，否定姫再度邁開腳步上樓。否定姫的身影才剛消失，左右田右衛門左衛門便無聲無息地反手關上紙門。

「不樂。」

右衛門左衛門低聲說道：

「之前我也說過……我早料到有一天得與你為敵，卻沒想到是以這種形式為敵。」

「……這種形式？」

七花聽了右衛門左衛門之言，滿心疑惑，問道：

「什麼意思？」

「受人擺布，玩弄於股掌之間之意。我希望自己是為了主子一個人的意思而戰；就算四季崎記紀是主子的祖先，我仍然不願為了他的圖謀而戰。」

「……哦？原來否定姬是四季崎記紀的子孫？」

聽聞此事，七花並不吃驚，反而恍然大悟地點了點頭。

這麼一來，有許多事便說得通了。如今回頭細想，倘若否定姬與四季崎記紀無關，反而不合常理。

話說回來，方才否定姬所言的夙願又是什麼？

「你也一樣吧？」

右衛門左衛門續道：

「你應該也希望只為奇策士大人而戰。你一定以為自己單槍匹馬闖進尾張城來刺殺下手殺人的我、下令殺人的主子，以及奇策士大人的仇人家鳴匡綱將軍，全都是為了替她報仇；誰知一切其實都在四季崎記紀的操控之中——」

「……我說你們根本搞錯了。」

「唔？」

右衛門左衛門大感意外，露出難得一見的困惑之色，問道：

「難道不是嗎？那你為何身穿奇策士大人的衣物？不就是為了證明你繼承了她的遺志嗎？」

七花悶悶不樂地答道：

「咎女死了以後，我才知道……人畢竟無法為了他人做事，刀也一樣。」

「…………」

「你說得對，我向來一心為咎女而戰，也一直為咎女而戰。起初我並無覺悟，只是盲從咎女的命令；到了半途，才有所覺悟……可是到頭來，或許真如真庭食鮫所言——」

為何而戰？若得先問上這麼一句才能動手，不如別打了。

「就拿咎女來說吧，她不也只顧著自己？」

「只顧著自己？」

「她到了臨死之前還是自私自利，要我隨心所欲過活，完全不顧我的感受。真不知該說她任性妄為，還是自以為是？不過，右衛門左衛門，這也無可奈何啊！」

七花淡然一笑，笑得無奈又無力。

「誰教我愛上這樣的咎女呢？」

「…………」

「我就愛她這些地方。所以這一路來，我不過是為了自己而戰罷了。」

「那你闖進尾張城來，又是為了何故？」

「為了求死。」

七花斷然答道：

「咎女要我活下去，可我現在已經用不著聽她的命令了。左右田右衛門左衛門——我認為天下間除了你以外，沒人殺得了我。」

除了殺害咎女的你以外——

「不笑。」

右衛門左衛門說道：

「這話可不好笑。你就為了這種小孩子鬧脾氣似的理由闖進一國的宮城裡來？倘若這也是四季崎記紀的計畫，倒是滑稽得緊。」

說著，右衛門左衛門便從懷裡拿出一對鐵塊來。

七花見過這對鐵塊，那是他忘也忘不了的「兵器」。

從前七花見了這對鐵塊時並無共鳴，不過現在卻能清清楚楚地感覺到它便是四季崎記紀的最後一把完成形變體刀——炎刀「銃」。

「轉輪式連發手槍，自動式連發手槍。」

右衛門左衛門揚了揚左右手上的刀，說道：

「這是目前四季崎記紀生涯中的最後一把刀。」

「也是為了令我完了的刀？」

「怎麼，原來你都知道了？那就好辦了。」

右衛門左衛門說道：

「也對，你見過彼我木輪迴，還有因毒刀『鍍』而被四季崎記紀附身的真庭鳳凰——」

「……你就是用那把刀接連殺害真庭忍軍之人？」

「真庭海龜並非死於此刀之下，不過真庭鴛鴦和真庭企鵝確是為此刀所殺。這把刀和其他的變體刀一樣，都是這個時代不該出現的兵刃，忍者自然應付不了。」

「企鵝也……」

果然如咎女所料。

這下子真庭忍軍可說是全軍覆沒了。

七花不知該作何感想。

「這種兵器最能出敵不意，攻敵不備。企鵝還搞不懂這是什麼兵器便死了，你呢？你可明白這把炎刀的特性？」

「咎女臨死前曾告訴我，炎刀就和火槍差不多，不過卻能速射及連射。」

「不愧是奇策士大人，竟能於負傷垂死之際看出這麼多事。不過就算被識破了，也不成問題。」

「貫穿咎女腹部的子彈便落在她身後不遠處。我聽說火槍的子彈是圓形的，不過那子彈卻是筒狀，莫非是因為筒狀的子彈速度較快？」

七花說道：

「那時我便想到了一事。那一對小小的鐵塊裡，能裝得下幾顆子彈？」

「原來你是想等我用盡子彈？」

右衛門左衛門失望地聳了聳肩。

「我就告訴你吧！這把轉輪式連發手槍可裝六發子彈，至於這把自動式連發手槍則可裝十一發子彈。當然，我對付奇策士大人時用去的子彈已經補足了。」

「…………」

「絕望了？這也難怪，你豈能閃過十七發子彈呢？奇策士大人能看出炎刀『銃』的速射及連射兩大特性，確實了不起；不過我還要補充一個特性，便是精密性。炎刀『銃』可是彈無虛發。」

「……我知道，我也想好了應對之策。」

「應對之策？」

「奇策。」

說著，七花擺出了起手式。

他使的乃是虛刀流第七式——「杜若」，以變化自如的步法見長的招式。

「廢話說得夠多了，進招吧！右衛門左衛門。我是刀，你也是刀；既然是刀，何須言語？」

左右田右衛門左衛門乃是否定姬的寶刀，而鑢七花生來便是一把日本刀；這場仗可說是雙刀爭鋒之戰。

「不惑。」

右衛門左衛門見七花出招，亦微微沉腰，將炎刀「銃」的槍口朝向七花。

「好，我倒要瞧瞧以你的腦筋能想出什麼奇策！」

「我自然會讓你瞧個滿意，不過屆時只怕你已被大卸八塊！」

「我會立刻擊敗你。」

「我亦有此意。」

「你不脫掉那一身厚重的衣裳嗎？」

「不用，穿著便成。」

「原相生忍軍，今否定姬麾下，尾張幕府家鳴將軍家直轄稽覈所總監督幫辦——左右田右衛門左衛門，恭請賜教。」

「虛刀流第七代掌門——鑢七花在此候教，放馬過來吧！」

沒人宣布比武開始，不過他們二人卻像事先說好了一般，同時出招。

鑢七花使出了變幻自如的步法「杜若」，拔足疾奔；他並不直接攻向右衛門左衛門，也未出虛招牽制，只是在房內四處奔跑，矯若游龍。

「哼！」

右衛門左衛門冷眼觀察七花的動向。

「你以為四處疾奔，我便射不中嗎？真是可悲的垂死掙扎啊！的確，倘若子彈只有一、二發，這條計或許能奏效；不過我共有十七發子彈，你豈能盡數避過？縱然是錆白兵與鑢七實也辦不到！」

「我姊姊？」

七花想了一想，他現在用的這條計，倒像他那個以死為友的天才姊姊會使的計策。

「喔喔喔喔喔喔喔喔喔喔喔喔！」

七花抓準時機，變換方向，以最快的速度朝右衛門左衛門攻去；然而右衛門左衛門不為所惑，只是靜靜地把槍口對準了七花。

「要取曾經饒過一次的性命，是件沉重的差事；不過既然你是來尋死的，那就只好成全你了。含恨而死吧！鑢七花。不知你會留下什麼遺言？」

砰！

砰砰砰砰砰砰砰！

只見轉輪式連發手槍射出了三發子彈，自動式連發手槍射出了四發子彈，右衛門左衛門共朝著七花開了七槍。

一陣巨大尖銳的聲音迴盪於房中。

「什麼……啊！」

誰知發出驚愕之聲的卻是右衛門左衛門。

原來右衛門左衛門開槍之後，鑢七花便踩著變化自如的步法竄到了右衛門左衛門跟前，使出了第四式「朝顏」。

從「朝顏」變化而成的絕招乃是「柳綠花紅」——不，是以柳綠花紅起始，再加上六式絕招而成的「新七花八裂」。

七花所在的位置正適合使出此招。

「豈、豈有此理！虛、虛刀流掌門，你是如何躲過那些子彈的？」

「我根本沒躲。」

七花斷然說道：

「大概捱了一半子彈。」

「…………！」

右衛門左衛門啞然無語，卻也明白了是怎麼一回事。

不錯，七花使出「杜若」，用意並不在妨礙右衛門左衛門瞄準，亦不在閃避子彈，而是在於分散子彈。

速射、連射、精密——這三個長處反倒害了右衛門左衛門。

右衛門左衛門為防七花躲避，便以撒網捕魚之勢散射子彈，誰知反而正中七花下懷。

七花本無閃躲之意，只是想盡量減少自己竄入右衛門左衛門懷中之前的中彈數。

如今七花緊挨著右衛門左衛門，在如此接近之下，炎刀「銃」雖然尚餘大半子彈，卻無用武之地。饒它如何精巧，畢竟是暗器啊！

但對於不持刀劍的虛刀流掌門而言，這卻是最佳進攻距離！

倘若虛刀流是個使用兵器的門派，七花勢必得留下揮舞兵器的距離；有了這段距離，右衛門左衛門便能以炎刀「銃」應敵。

炎刀「銃」能夠對付遠近距離之下的敵人，唯有不使刀劍的虛刀流門人方能挨身封住炎刀！

「可、可你至少中了三發子彈啊！」

「是四發。」

七花垂著頭說道：

「腳上一發，肚子兩發，手臂上還有一發。」

「那你為何還能動？」

「因為我打一開始便已做好中彈的覺悟。」

其實現在的七花，並不知道該如何使用「覺悟」二字。

「既然躲不開，那就硬捱。我壓根兒沒有閃躲之意。」

「…………！」

「咎女曾命令我，須得保護自己。」

咎女曾對七花下過三道命令：保護刀、保護她，保護七花自己；然而如今七花已經用不著遵守這些命令了。

無須顧忌斷刀及受傷的鑢七花，便是如此厲害！

「唔……」

過去右衛門左衛門曾向否定姬稟報，虛刀流的特出之處在於防禦；這話雖然正確，卻不盡真切。

倘若虛刀流放棄防禦，又會如何？

右衛門左衛門早該未雨綢繆！

這正是鑢七花於百刑場和彼我木輪迴對陣之時，奇策士祕而不宣的奇策！

「你不要命了嗎？」

「我本來就是來尋死的！」

「唔……」

右衛門左衛門不顧雙方貼近，硬是舉起了炎刀「銃」。

「不忍法——不生不殺……不！」

左右田右衛門左衛門也做出了可悲的垂死掙扎——他使出了老友的招式。

與否定姬相識之前，此招是他的一切。

他將這個招式與炎刀「銃」的特性相互交織——

「斷罪炎刀！」

「新七花八裂！」

只見血沫橫飛，勝負立決。

這兩個相似之人，在一剎那間分出了高下。

■■

尾張城天守閣頂樓。

否定姬一如在否定府中時一般，佇立於房間中央，靜靜等待；唯一不同之處，便是她眼下人在天守閣，上座坐著尾張幕府第八代將軍家鳴匡綱。

「喂……卿家。」

匡綱按捺不住，向否定姬問道：

「現在情況如何？」

「請別擔心，將軍大人，事情進行得很順利。多虧了將軍大人的十一個心腹愛將，我們的夙願眼看著就要達成了。」

「是、是嗎？」

珠簾之後的匡綱安心地點了點頭。

「等到事情結束之後，孤可得重賞這十一人。」

「…………」

否定姬已經知道家鳴將軍家禁衛十一傑全都敗在鑢七花手下，卻未「稟報」將軍；若是據實以報，只怕眼前這個膽小鬼會立刻逃之夭夭。

否定姬留在房裡的目的之一，便是為了監視家鳴將軍。

——反正七花小兄弟已經替我收拾了礙事的十一傑。

——事情進行得如此順利，反而教人害怕呢！

所謂物極必反，樂極生悲；這種時候往往會飛來橫禍，是以否定姬也不敢慶幸。

「這、這就行了嗎？這麼一來，我的天下，家鳴家的天下便能千秋萬世，永垂不朽嗎？」

「是。」

否定姬點了點頭，暗想：「這老傢伙聽了我那番話，怎麼還相信天下間會有這等便宜的事？」心中大感不耐。

正當此時，房門被人猛然踹破，倒進房裡來。

只見一名男子渾身是血，站在門外；他那一頭亂髮及精悍的身軀全染成一片血紅，就連身上的錦衣華服亦不能倖免，看起來反而別有一番韻味。

登上天守閣來的人不是左右田右衛門左衛門，而是鑢七花。

「…………」

這就是橫禍麼？

否定姬冷靜地接受了事實。

「嗚、嗚……你、你是誰！」

匡綱叫道，聲音之中充滿了恐慌。

然而七花無視於他，只是將手中的物事丟到否定姬腳邊。

頭一樣擲過來的物事是一對鐵塊，正是轉輪式連發手槍與自動式連發手槍——四季崎記紀的最後一把完成形變體刀，炎刀「銃」。

只見這兩把手槍槍身俱是歪斜扭曲，縱使修理，也難以使用了。

接著七花又擲過第二樣物事，乃是個書有「不忍」二字的面具。

「……右衛門左衛門要我代為傳話。」

渾身是傷、鮮血淋漓的七花輕聲說道：

「這是他的遺言，妳可得仔細聽好。」

「我正聽著呢！他說了什麼？」

否定姬鐵扇輕搖，一面漫不經心地望著腳邊的面具，一面點了點頭。

「『主子，請原諒我為您而死。』」

七花連語調都模仿得維妙維肖。

「他說完這句話以後便死了。」

「……到了死前還是一樣陰沉。他以為這麼說，我就會感動麼？也罷。」

否定姬連珠砲似地說道，丟下手中的鐵扇；那鐵扇正好撞上面具，發出了鏗然之聲，引人哀戚。

「快點兒了結吧！七花小兄弟，按照約定，我願乖乖引頸就戮。」

「很遺憾……」

七花緩緩前進，只見他每多走一步，鮮血便多沾染榻榻米一寸。他搖頭說道：

「我只能再對付一個人。」

「…………」

「炎刀『銃』那四發子彈倒也罷了，斷罪炎刀實在厲害。倘若炎刀再堅硬些，死的便是我了。」

說著，七花走過否定姬跟前，直打匡綱而去。

「什麼……！」

珠簾背後傳來了一陣乒乒乓乓之聲，看來是匡綱起身欲逃，卻跌了個狗吃屎。

都到了這種關頭，他是插翅也難飛了，居然還想逃？

「否、否定姬！妳還杵在那兒幹什麼！還不快快護駕！」

「將軍大人，您這話未免太強人所難了。」

否定姬瞧也不瞧他一眼，只是背著他雙手一攤，說道：

「我根本不懂武功啊！再說您不死，事情怎麼結束呢？」

「什……什麼！」

「家鳴將軍家的千秋霸業——其實是漫天大謊，只是我為了晉見您而順口胡謅的。身為四季崎記紀之後，若是家鳴將軍家真的成就了千秋霸業，我才要傷腦筋呢！因為尾張幕府與家鳴將軍家的傾頹，正是四季崎記紀的目的啊！」

否定姬總算說出了真相。

「正確說來，我們的目標是『某個幕府』及『某個將軍家體制』；不過阻止了那頭，這頭又冒出家鳴家這幫大同小異的人奪得天下，建立了同樣的太平盛世。或許這便是歷史的修正作用吧！不過天下太平，乃是舊將軍的功勞便是了。」

「妳……妳在說什麼？什麼『某個幕府』？」

「我說的是另一種未來；或許該說是『本來』才對。」

「……這、這麼說來，妳打一開始就——」

「我的目的便是在這兒殺了您，不過那十一傑會礙事。鐃是右衛門左衛門，也無法同時對付十一名高手啊！」

「所、所以妳才讓他們輪番上陣，還刻意屏退守卒？」

「為了答謝七花小兄弟替我解決了十一傑，我就如四季崎記紀所願，把殺您的機會讓給他。」

「……噫！」

匡綱無暇質問否定姬，因為七花已經來到眼前了。

七花停住腳步，打量著匡綱。

「住、住手！」

匡綱見狀，連忙求饒。

「你、你殺了孤，又有什麼好處？你先前替孤蒐集四季崎記紀之刀，何以如今竟反過來謀害於孤？」

「我並不是替你集刀。」

七花的聲音依舊細若蚊聲，似乎連氣都快喘不過來了。

「咎女竟是為了你這種人而毀了整個人生？或許她是自作自受……」

「什麼？咎女？咎女？她是誰？莫非是奇策士？原來奇策士名喚咎女？」

「……現在殺了你也無法替咎女雪恨，更無法一洩我的怨氣。」

「既、既然如此——」

「不過事情總要作個了結啊！」

七花抬頭仰望天花板。

其實他並非仰望天花板，而是閉目回憶。

否定姬在一旁橫眼瞥著七花，暗自猜想他在回憶什麼。

——鐵定是在想那個惹人厭的婆娘吧！

「喂，否定姬。」

七花靜靜地擺出了第四式「朝顏」，一面朝著否定姬說道：

「咎女要我見了妳以後，代她向妳道謝。」

「哦？我可沒做過什麼要她謝我的事。」

「我可以問妳一個問題嗎？」

「請便。」

「其實妳還挺喜歡咎女的吧？」

「…………」

面對七花這直截了當的問題，否定姬說道：

「那個惹人厭的婆娘啊……倒也不能不算是不討厭她。」

她用了三重否定來回答。

七花如釋重負地點了點頭，身子用力一轉。

接下來這最後一招絕不許出錯，也不許打偏，更不許有半分失常。

「且、且慢！冷靜下來，聽孤說話！」

家鳴匡綱慌張失措地叫道：

「只要你不殺孤……有了，孤可以把天下送給你！你不想得天下嗎？」

「這種鬼東西，我才不希罕！」

虛刀流共有七式絕招。

第一絕招．「鏡花水月」。

第二絕招．「花鳥風月」。

第三絕招．「百花繚亂」。

第四絕招．「柳綠花紅」。

第五絕招．「飛花落葉」。

第六絕招．「錦上添花」。

第七絕招．「落花狼藉」。

將這七式絕招以最快的順序使出，便成了虛刀流最終絕招「新七花八裂」。只見七花身上血沫四濺，華服翻飛，聲嘶力竭地吼道：

「嗟了————！」

■

■

據說鑢七花用盡渾身氣力的吶喊，響遍了尾張城下大街小巷的每一個角落。

終章

■■

丹後——不承島。

不承島位於深奏海岸彼端，只有方圓四里大，是個連地圖也未曾記載的無人島；過去這座島上住著三口之家，如今卻已空無一人。

無人島變回了無人島。

稱呼這座島為不承島的人也不復在了。

■■

因幡——因幡沙漠。

因幡沙漠乃是這個國家唯一的沙漠地帶，沙漠之中只有一座建築，便是下酷城。

自從唯一的居民宇練銀閣過世之後，下酷城再也無人管理，卻也沒被拆除，依舊矗立於原地。

這座包圍於沙漠及海市蜃樓之中的自然要塞，就在無人聞問的情況之下默默荒頹，直至千年之後。

■ ■

出雲——三途神社。

三途神社收留了日本各地無家可歸的可憐女子，這些女子以神社為家，成了祭神的黑巫女。

敦賀迷彩過世，幕府派人前來接管神社之後，三途神社已不復是武裝神社。

然而這座神社的警備並未因此鬆懈，反而變得更加嚴密了。

這全是因為之後幕府派來的少女——凍空粉雪善盡了護衛黑巫女之責。這名天生神力的少女與生俱來的天真爛漫，也治癒了眾黑巫女的心傷。

■■

周防——巖流島。

兩百年前，這座島上曾發生長刀對雙刀之戰，因而成為劍客的兩大聖地之一；而兩百年後的最強對無刀之戰，又為這座島寫下了新的傳說與歷史。

當時決戰的情況如何，無刀劍客如何挑戰日本最強高手，又是如何擊敗他，至今仍無人知曉；只不過決鬥之後，巖流島的面積竟少了一半，足見這一場龍爭虎鬥有多麼激烈。

■■

薩摩——濁音港。

位於港鎮中央的圓形比武場——大盆依舊熱鬧如昔。

只見一名虎背熊腰的大漢站在中心高聲歡呼，正是統治濁音港的鎧海賊團船長——校倉必。

過去他總是身穿鎧甲，如今卻毫不吝惜地將一身精壯筋骨暴露於大庭廣眾之下。

縱使少了鎧甲，他依然是比武場上最受歡迎的人物；不，脫去鎧甲之後，他的招式變得變化多端，或許反而更受喜愛呢！

今後，這個國家勢必得放眼海外；屆時需要的，正是他們這些縱橫四海的人物。

■　■

蝦夷——踊山。

踊山為一級災害區，終年風雪不斷，乃是一片永久凍土。

此地原本便不宜人居，只有凍空一族群聚而住；如今凍空一族全滅，只留下凍空粉雪一人，此地便再也無人居住了。

然而無論有無人居，風雪依然不歇，災害區永遠是災害區。

人終究難以勝天，無論那人是人或刀。

■　■

土佐——清涼院護劍寺。

護劍寺坐擁舊將軍惡法獵刀令的唯一成果——刀大佛，因而成了劍客的兩大聖地之一。

此地亦與巖流島相同，因天才對無刀這場壯烈的姊弟對決而聲名大噪。

護劍寺流劍法慘遭鑢七實摧殘，元氣大傷，須得一段時日方能重振；不過日本各地的劍客仍是爭相前來鞘走山護劍寺參拜清涼院，絡繹不絕。

■　■

江戶——不要湖。

不要湖堆滿了天下間的各種破銅爛鐵，亦是一級災害區；但自從看守不要湖的日和號被驅離之後，幕府便開始著手整頓不要湖。

其實不要湖被定為一級災害區，本就是緣於日和號之故；既然日和號已不在，整頓自然是勢在必行了。

欲將不要湖恢復為湖泊，或許得花上幾百年功夫，不過至少有實現的一天了。

■

■

出羽——天童將棋村。

若說巖流島與護劍寺是劍客的聖地，天童將棋村便是棋士的聖地。

此地過去習劍之風鼎盛。

不過，隨著時代改變，劍術也漸漸沒落了。

然而在村子中心，卻有一座道場仍堅守著沒落的劍術，便是傳授活人劍的心王一鞘流道場。

道場之主汽口慚愧謹守門規及本門劍法，獨力支撐整個門派。

汽口慚愧曾打敗勝過天下第一高手錆白兵及天才鑢七實的無刀劍客，因此有不少人慕名前來拜師學藝，卻耐不住她嚴格的指導，紛紛求去，道場轉眼間又變得門庭冷落。

雖然這是理所當然，汽口心下卻是大惑不解。

總而言之，言而總之，天童將棋村今日亦是平和安詳。

■■

奧州──百刑場。

百刑場過去乃是大亂主謀──奧州霸主飛驒鷹比等的牙城飛驒城，亦是飛驒鷹比等一干親族黨羽問罪處斬之地。

據說此地住有仙人。

那仙人的樣貌會因觀者而改變，凡見到仙人之人都得坦然面對自己。

不過這畢竟只是里談巷議。

仙人彼我木輪迴將誠刀「銓」交給奇策士之後，便功成身退，離開了百刑場。

至於祂前往何方，就不得而知了。

或許祂正在某人居住的某個城鎮，化身為某人和某人見面呢！

■■

伊賀——新真庭里。

伊賀位於山間，原為幕府隱密班的根據地，後來卻成了幕府叛徒真庭忍軍的藏身之所。

不過，這藏身之所也只用了一年。

真庭忍軍十二首領——真庭蝙蝠、真庭白鷺、真庭食鮫、真庭螳螂、真庭蝴蝶、真庭蜜蜂、真庭狂犬、真庭川獺、真庭海龜、真庭鴛鴦、真庭企鵝、真庭鳳凰，及其餘不懂武功的老幼婦孺共四十七人，全都為了集刀而葬送性命。

專事暗殺的忍者真庭忍軍之名，想必也會與它過去的對頭相生忍軍一樣，從歷史之上漸漸消失吧！

■■

尾張——尾張城。

尾張城乃是家鳴將軍家的牙城。

身為一國之君的尾張幕府第八代將軍家鳴匡綱，被虛刀流——虛刀「鑢」所刺殺；這一切正如傳奇刀匠——史上最高明的相士四季崎記紀所計畫。

匡綱之死造成了什麼影響？

全無影響。

不知該說是遺憾抑或幸運，歷史並未改變，不過是讓匡綱的嫡子坐上了第九代將軍之位罷了。

幕府隱瞞了賊人單槍匹馬闖入尾張城之事，是以虛刀流掌門依舊是集齊完成形變體刀的英雄，與奇策士同為世人稱頌。

奇策士曾允諾鑢七實為鑢六枝平反，如今虛刀流掌門成了英雄，奇策士也算是實踐了她的承諾。

四季崎記紀一脈所行的歷史革命、歷史改造及歷史破壞，則全數以失敗收場。

後來——

■　■

能登——星沙街道。

星沙街道靠海，路面並非泥土，而是由硬沙所構成。一名戴著斗笠的男子正坐在路旁的茶店悠閒地吃著丸子。

那男子身材高大，筋骨結實，生了一頭亂髮，身上則披著一件媲美十二單衣的奢華女服，掩住了渾身傷痕。

他正是虛刀流第七代掌門——鑢七花。

不過現在的他可不能光明正大地報上這個名字。雖然世人視他為英雄，但他畢竟是擅闖尾張刺殺將軍的賊人，正被幕府通緝著。

只不過他對此事似乎滿不在乎，隨便戴著一頂斗笠，便悠哉悠哉地坐在路邊吃丸子。或許他根本無意掩藏身分。

「……唔，日本果然很大啊！」

七花一面說道，一面從擱在身旁的包袱之中取出了一本簿子。那簿子上頭的不是文字，卻是圖畫；圖畫乃是以毛筆繪成，繪得拙劣不堪。

七花瞧著圖，歪了歪腦袋，似乎不大滿意。

「啊！原來你在這兒。七花小兄弟，我可找到你啦！」

只見一名金髮碧眼、身穿和服的女子從街道西邊快步走向茶店，毫不客氣地指著坐在店門前的七花。

在這個國家裡，她這身打扮比高頭大馬、錦衣華服的七花更要醒目。不消說，她便是否定姬。

不過她也和七花一樣，不能光明正大地報上這個名號。

也不知她是否有易容改裝之意，只見她的金髮剪短了些，身上的衣飾也比從前樸素許多；頭上雖沒戴斗笠，卻像廟會的孩童一般，在右腦邊戴了個古怪的面具，面具之上寫著「不忍」二字。

其實否定姬三字只是她的稱號，並非本名；不能光明正大地提起，倒也無妨。雖然她剪去長髮，穿著樸素，又戴了個古怪的面具，仍然不失高貴的氣質。

「真是的，你別只顧著自己走啊！七花小兄弟。雖然我和那個自詡弱如紙門的婆娘相比是強上一些，但我向來大門不出、二門不邁，體力也沒好到哪兒去。」

「……我又沒求妳跟著來。」

「我沒那麼冷血無情，非要人家開口相求才肯辦事。」

「不過我卻求過妳別跟來。」

「你嘴上這麼說，只要離得遠了，還不是像現在這樣停下來等我？啊！這茶給我喝吧！」

說著，否定姬便逕自在七花身旁坐下，伸手拿起茶杯。她瞄了七花手裡的簿子一眼，說道：

「唔？這根本不對嘛！重畫！」

否定姬一把搶過簿子，撕下攤開的那一頁，揉成一團。

她的目中無人顯然更在咎女之上，不過七花自個兒也覺得不甚滿意，早有重繪之意，便沒和她計較了。

「怎麼，我替你品評，你連聲謝謝也不說？」

「……我真佩服右衛門左衛門，竟能在妳的底下當差那麼多年……一想到如果我是妳的手下，我就渾身發毛。」

「我否定，其實他也挺幸福的啊！話說回來，以後我還是別滿嘴否定為妙。」

否定姬一面喝著七花的茶水，一面說道：

「咱們同是天涯淪落人，就好好相處吧！你瞧，你要繪製地圖，我不也幫著你麼？」

繪製地圖，乃是奇策士咎女對七花撒的謊。咎女臨死前曾說過，她雖有此念，卻無實踐之意；因此七花下定決心，以一手拙劣的畫工來代她實踐。

他頭一個造訪的，便是集刀時未曾去過的北陸地方。

「……不過去過的地方也記不清了，還得再重走日本一遭……也罷，到時順便拜會汽口、粉雪及校倉等人，倒也不壞。」

「我是吊兒郎當，可你也不遑多讓啊！你可明白自己是個通緝犯？當然啦，幕府應該作夢也沒想到你這個名不留青史的大罪人竟忙著繪地圖吧！」

「……他們應該也想不到妳會與我同行吧！」

「唉呀！任我再有本事，這回也無法東山再起啦！右衛門左衛門也不在了——」

否定姬嘴上這麼說，神情卻顯得心滿意足，似乎對這個結果毫無不滿。

「——四季崎記紀終究是輸了。打從舊將軍出現的那一刻起，他的計畫便出了差錯；之後又遭飛驒鷹比等攪局，到了其女容赦姬插手之時，已是無力回天了。」

「……」

「彼我木輪迴之所以將誠刀『銓』埋藏於地底之下，便是為了逃過舊將軍的追擊，可是卻也因此讓飛驒鷹比等察覺了歷史的矛盾，更讓他的女兒成了虛刀『鑢』的主人……依我之見，大亂英雄鑢六枝流放外島，使得虛刀『鑢』自歷史消失了二十年，便是四季崎記紀最大的失算。」

「流放外島？在我看來，竄改歷史才是天方夜譚，我壓根兒不信什麼未卜先知。」

七花說道：

「若說是為報殺父之仇或為了心上人，還比較合理。就算真如妳所言，一百年後海外諸國將進攻我國，只要那個時代的人抱著破釜沉舟的決心背水一戰，不就得了？」

「若是開山祖師鑢一根也這麼對四季崎記紀說，那就好啦！」

否定姬微微一笑。

「也罷……雖然竄改失敗，不過改變卻是有成；一百年後的人應該也會奮起迎戰，不至於束手待斃。啊！這麼一提，有件事我忘了說。我離開尾張城之前，在剩下九百八十八把變體刀之上澆了鹽水，現在應該全生鏽啦！」

「……瞧妳幹了什麼好事？」

「不鏽不蝕乃是絕刀『鉋』獨有的特性，其他變體刀可逃不過這一劫。這麼一來，我也算是替我那混帳祖先收拾了殘局。」

「是嗎……」

「不過家鳴將軍家應該會繼續宣稱他們擁有所有變體刀，包含你毀去的十二把完成形變體刀在內。他們還以為這樣便能維持千秋霸業呢！」

「……不過，擁有變體刀，其實不見得能奪得天下吧？」

「現實上不能，不過幻想中可就不同了。」

否定姬斷然說道。

「妳這個人心眼也挺壞的。」七花說道，否定姬則回了句「過獎」。

「好啦！咱們快繼續這趟療傷之旅吧！」

「療傷之旅……」

七花憶起集刀一年間的點點滴滴。

一月，與咎女相識。

二月，與咎女共赴沙漠。

三月，抱著咎女攀登石階。

四月，與咎女肝膽相照。

五月，與咎女同泡溫泉。

六月，與咎女登上雪山。

七月，與咎女共赴劍客聖地清涼院護劍寺。

八月，扛著咎女查探不要湖。

九月，與咎女相吻。

十月，前往咎女的故鄉。

十一月，與咎女談論將來。

十二月，與咎女別離。

「其實我也沒受什麼傷。」

「是麼？」

「右衛門左衛門可有傷及妳？」

「怎麼可能？」

否定姬苦笑道。七花的問題傻氣得緊，教她不禁發笑。

「不過你渾身上下的傷，卻是右衛門左衛門造成的。右衛門左衛門能傷你這個歷史上的英雄人物，也算是了不起了。」

「粉雪也曾經打斷我的手骨啊！不過粉雪留下的傷與右衛門左衛門留下的傷的確不可相提並論。被右衛門左衛門打傷時，我還以為自己必死無疑……不，當時我本就懷著尋死之心。」

「真虧你能留住一條小命啊！」

「現在回想起來……」

七花捉起華服下襬，晃了一晃。

「幸好我穿著咎女的衣服。別小看這區區布疋，多穿一件，總是多一層防備。」

「更何況這件衣服便如十二單衣一般厚重。炎刀『銃』貴在精準，彈道略有偏差，威力便會減弱。哈哈！看來這件衣服就等於是你的賊刀『鎧』了。」

「說歸說，咎女穿著同樣的衣服，還不是一命嗚呼？我能活下來，畢竟是奇蹟啊！」

仔細一想，雖說右衛門左衛門當時刻意避開了要害，不過咎女中彈之後還能和七花說上那麼多話，或許也得歸功於這身厚重的衣服。倘若真是如此，也可算是一種奇蹟吧！

「不對、不對。」

否定姬一如往常，嘻皮笑臉地否定了七花之言。

「七花小兄弟，這時候你該故作瀟灑，一口咬定是咎女在冥冥之中保佑才是啊！」

「…………」

「別說是一疋布，就算只是一道紙門，也有莫大的差別啊！」

「……倘若真是如此……」

七花放開了衣襬，說道：

「或許我該再聽一次咎女的命令。」

「哦？」

「聽她的話，隨心所欲地過活。」

彼我木輪迴曾說七花對咎女的情感並非男女之情，如今想來，或許真是如此。

或許那只是個孤島生長的懵懂小子所懷抱的幼稚情感。

不過，七花能夠確定——他的確愛過奇策士咎女這名女子，的確喜歡過她。

所以今後七花會好好增廣見聞，結交朋友，隨心所欲地活下去。

「……好了，該上路了。」

「要上路也不是不行。」

七花起身，將簿子收進包袱裡，擱下茶水及丸子的錢，邁開腳步。否定姬也跟著起身，與他一起踏上硬沙鋪成的街道。

「七花小兄弟，接著你打算上哪兒？」

「能登已經看得差不多了，接下來我想到加賀去。」

「要到加賀得花不少錢呢！我看咱們最好在這兒弄些盤纏。」

「這種事就交給妳發落了。妳要跟我一道走，也得有點兒貢獻才成。」

「真不懂得憐香惜玉，不知是向誰學來的？」

「相對地，倘若有追兵殺到，由我負責打發。雖然右衛門左衛門留下的傷勢尚未痊癒，不過要保護一個女人綽綽有餘了。」

「是麼？那就有勞你啦！」

「嗯，不過屆時只怕妳已被大卸八塊。」

「什麼話？」

如此這般，這個高頭大馬、身穿華服、頭戴斗笠、一頭亂髮的男子與金髮碧眼、身穿和服，頭戴古怪面具的女子便招搖地離開了能登，前往下一個目的地。

鑢七花與否定姬。

這間茶店的店東是最後一個瞧見他們倆的人，之後他們的下落再也無人知曉。

他們是否去了加賀，可有前往天童將棋村、三途神社及濁音港等地拜訪舊識，不得而知。

或許他們已死在日本的旅途之上，又或許他們成功地完成了日本地圖，出海去了；真相如何，如今已無從確認。

不過可以確定的是，在這個牽扯了人與刀的歷史陰謀失敗之後，他們倆確實還活了一段時日。至於這段時日是長是短，便未可知了。

這應該是每個人都期待的結果吧！

■■

復仇未成之人、未達目的之人、中道殂落之人、未償夙願之人。

敗者、挫者、枯朽者。

為達目的不惜犧牲一切，但仍一無所得、一事無成，只能含恨而終之人──充滿了這些人的夢想與希望的故事，就此悄悄地拉下了終幕。

（炎刀「銃」──失手）

（第十二話──完）

（刀語──完）

（謝謝收看）

登場人物介紹 を

左右田右衛門左衛門

年齡	不詳
職業	稽覈官
所屬	尾張幕府
身分	總監督幫辦
所有刀	炎刀『銃』
身長	六尺一寸
體重	九十三斤十二兩
興趣	打掃（天花板）

必殺技一覽

背弄拳	⇦（聚氣）⇨突
不生不殺	⇦ ⬃ ⇩ ⬂ ⇨斬
移聲	⇧ ⇧ ⇩ ⇩ 踢＋突
斷罪炎刀	⇦ ⬁ ⇧ ⬀ ⇨斬＋突

登場人物介紹 わ

鑢七花

年齡	二十四
職業	劍客
所屬	虛刀流
身分	掌門
所有刀	無
身長	六尺八寸
體重	一百二十五斤
興趣	無

必殺技一覽

鏡花水月	⇦ ⬃ ⇩ 斬＋突
花鳥風月	⇧ ⬀ ⇨ 斬
百花繚亂	⇦（聚氣）斬⇨突
柳綠花紅	⇧ ⬁ ⇦ 突
飛花落葉	突＋踢（連按）
錦上添花	⇩ ⬂ ⇨ 斬＋突＋踢
落花狼藉	⇧（聚氣）⇩ 踢
七花八裂	⇦⇨⇧⇩⇦⇨斬＋突＋踢
新七花八裂	⇦⇨⇦⇨⇧⇧⇩⇩⇦⇨⇦⇨ 斬+突+踢

咎女

年齡	不詳
職業	奇策士
所屬	尾張幕府
身分	總監督
所有刀	虛刀『鑢』
身長	四尺八寸
體重	五十三斤
興趣	使奸計

必殺技一覽

嗟了（一）	突
嗟了（二）	踢
嗟了（三）	斬
嗟了（四）	打
嗟了（五）	彈
嗟了（六）	丟
嗟了（七）	勒
嗟了（八）	騙

登場人物介紹 よ

否定姬

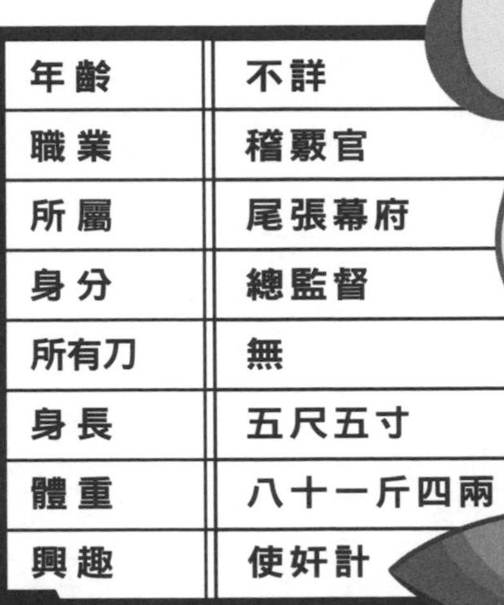

年齡	不詳
職業	稽覈官
所屬	尾張幕府
身分	總監督
所有刀	無
身長	五尺五寸
體重	八十一斤四兩
興趣	使奸計

必殺技一覽

鐵扇	⇩ ⇘ ⇨突
一般否定	⇦（聚氣）⇨謊
雙重否定	⇦（聚氣）⇨否
三重否定	⇦（聚氣）⇨羞

後記

我常談到目的與手段。目的與手段不過區區五個字，但真要談論起來，可真是一言難盡。有時候目的與手段正確，結果卻不盡人意；有時候目的與手段都錯誤，結果卻皆大歡喜。這種情況說來不可思議，不過解開這個謎題的關鍵卻出奇地簡單明瞭——因為人常會因時間與場合而改變目的與手段，一言以蔽之，就是見機行事。「唉，糟糕，再這麼下去一定會搞砸，怎麼辦……啊！有了，就當作我一開始的目的就是這樣，不就得了？」又或者是：「唉，用這種方法鐵定砸鍋……該怎麼辦？啊！對了，改用那個辦法，說不定能較早達成目的呢！」根本是誤打誤撞。正因為當事人這些心境上的變化，才讓旁觀者眼中的「結果」變得毫無矛盾。人類要貫徹同一種意志、同一個手段、同一個目的，反而困難；這些改變是屬於個人的，往往不會留下記錄。就拿歷史教科書來說吧！讀起來像是一齣戲，可是實際上呢？我想所有的歷史人物應該都是見機行事——說難聽一點兒，就是三心二意、出爾反爾——最後卻造就了戲劇化的「結果」。這不也是一種浪漫嗎？

本書是刀語的最終卷。終於完結了，我也不知道該說什麼才好。站在讀者的立場，是否覺得：「天啊！居然真的讓作者給掰完了！」呢？奇策士咎女與虛刀流掌門鑢七花的故事與我過去所寫的故事截然不同，從頭到尾都相當獨特；不過故事中的事應該在故事之中都說完了，我就廢話少說，和一般的小說一樣，以一般的謝辭作結吧！雖然這部小說是我自個兒說要寫的，不過這種企畫光靠作者一個人往往難以成就，更何況是我這種隨時伺機停筆的人。多虧了大河小說企畫小組的各位在這一年來不屈不撓地鼓勵鞭策我，才能有這一天。在他們面前，我想我大概一輩子都抬不起頭來了。若說插畫家竹是舞臺上的主角，他們便是後臺的主角。照顧我的人太多，無法全部介紹；在此姑且以太田克史先生、柴山佑紀先生及岩井君仁先生為代表，致上我最深厚的謝意。

以上便是「刀語　第十二話　炎刀・銃」。

我也要向各位一路收看的讀者致上最上乘的感謝。

多虧了您，又有一個美好的故事誕生了。

西尾維新

本書乃應十二個月連續刊行企畫『大河小說 2007』所寫下之作品。

浮文字

刀語 第十二話 炎刀・銃

（原名：刀語 第十二話 炎刀・銃）

作者／西尾維新　插畫／take　譯者／王靜怡
執行長／陳君平　榮譽發行人／黃鎮隆
協理／洪琇菁　國際版權／黃令歡
執行編輯／呂尚燁　美術編輯／李政儀
企劃宣傳／洪國瑋
發行／英屬蓋曼群島商家庭傳媒股份有限公司城邦分公司　尖端出版
台北市中山區民生東路二段一四一號十樓
電話：（〇二）二五〇〇—七六〇〇（代表號）
傳真：（〇二）二五〇〇—一九七九
中部以北經銷（含宜花東）／楨彥有限公司
電話：（〇二）八九一九—三三六九
傳真：（〇二）八九一四—五五二四
雲嘉經銷／智豐圖書股份有限公司　嘉義公司
電話：（〇五）二三三—三八五二
傳真：（〇五）二三三—三八六三
南部經銷／智豐圖書股份有限公司　高雄公司
電話：（〇七）三七三—〇〇七九
傳真：（〇七）三七三—〇〇八七
一代匯集／香港九龍旺角塘尾道六十四號龍駒企業大廈十樓B&D室
電話：（八五二）二七八三—八一〇二
傳真：（八五二）二七八二—一五二九
馬新經銷／城邦（馬新）出版集團　Cite(M)Sdn.Bhd.
E-mail：Cite@cite.com.my
法律顧問／王子文律師　元禾法律事務所
北市羅斯福路三段三十七號十五樓
二〇二二年九月二版一刷

版權所有・翻印必究
■本書若有破損、缺頁請寄回當地出版社更換■

KODANSHA BOX

《KATANAGATARI DAIJYUNIWA ENTOU JYUU》
© NISIO ISIN 2007
All rights reserved.
Original Japanese edition published by KODANSHA LTD.
Complex Chinese character translation rights arranged with KODANSHA LTD.

本書由日本講談社授權城邦文化事業股份有限公司尖端出版繁體中文版，版權所有，
未經日本講談社書面同意，不得以任何方式作全面或局部翻印，仿製或轉載。
本作品於2007年於講談社BOX系列出版。

■中文版■

郵購注意事項：
1. 填妥劃撥單資料：帳號：50003021戶名：英屬蓋曼群島商家庭傳媒(股)公司城邦分公司。2. 通信欄內註明訂購書名與冊數。3. 劃撥金額低於500元，請加附掛號郵資50元。如劃撥日起 10～14日，仍未收到書時，請洽劃撥組。劃撥專線TEL：(03) 312-4212 ・ FAX：(03) 322-4621。E-mail：marketing@spp.com.tw

國家圖書館出版品預行編目資料

刀語 / 西尾維新 著 ; 王靜怡譯. -- 2版.
--臺北市：尖端出版, 2022.09
面 ; 公分. --(浮文字)
譯自:**刀語**
ISBN 978-626-338-406-4 (第1冊 : 平裝)
ISBN 978-626-338-407-1 (第2冊 : 平裝)
ISBN 978-626-338-408-8 (第3冊 : 平裝)
ISBN 978-626-338-409-5 (第4冊 : 平裝)
ISBN 978-626-338-410-1 (第5冊 : 平裝)
ISBN 978-626-338-411-8 (第6冊 : 平裝)
ISBN 978-626-338-412-5 (第7冊 : 平裝)
ISBN 978-626-338-413-2 (第8冊 : 平裝)
ISBN 978-626-338-414-9 (第9冊 : 平裝)
ISBN 978-626-338-415-6 (第10冊 : 平裝)
ISBN 978-626-338-416-3 (第11冊 : 平裝)
ISBN 978-626-338-417-0 (第12冊 : 平裝)

861.57 111012170